插畫散步

從零開始的繪畫之路

黃本蕊

獻給旭達和閑閑

【同聲推薦】

給在創作路上前進的人

（按來稿順序排列）

完美詮釋

有位朋友說過，畫畫的人看起來都很快樂。作者從零開始的插畫散步到快跑，進而飛翔，恆常地探索，恆常快樂。是因為，開始畫畫之後，就會看見色彩，善待距離，作者完美詮釋了這個道理。

——插畫家・阿尼默

從無到有的想像過程

紐約，是身為創作者的夢想集散地，更是插畫家們嚮往的城市，那裡有數不清的藝術工作者、經紀公司、知名大型的出版社，《插畫散步》，就是居住在紐約的資深插畫家黃本蕊的創作歷程故事。本書最珍貴之處在於，它不是一本單純教插畫家怎麼接案創作的書，本蕊利用每個合作案例，細說自己創作的思考過程，並將各方面繪本插畫該有的專業知識都包含在每個案例的分享之中。經創作者解說之後，畫作讀起來更有生命了！你可以把《插畫散步》當成一本工具書，你也可以把它當成一本文學書來閱讀，看看童書創作者如何從無到有，利用圖畫帶人進入想像世界的驚奇過程。——繪本作家・龐雅文

走進真實中

本蕊老師的繪本創作旅程，在充滿人生哲學思考與純真想像的行走中，慢慢走進實際創作的真實裡，從無到有、由內而外，都在這本書裡如實地呈現。——插畫家・黃海蒂

不斷嘗試與蛻變

《插畫散步：從零開始的繪畫之路》這本書，很真實的紀錄了成為一個插畫家，不斷嘗試與蛻變的歷程，插畫家黃本蕊老師，不僅分享了創作路上的體悟與心法，也整理出許多創作的實用技巧和概念，十分推薦給想成為插畫家，或也正在這條路上前進的人。——插畫觀測室

一份給插畫家最寶貴的禮物

本蕊文如其人，溫暖而優雅，她用平易近人的方式，娓娓道來在紐約從事童書與繪本插畫創作二十年的經驗。以實際的創作案例，無私分享專業的工作流程，並提出許多對於從事插畫工作的中肯建議。這本書是給台灣後輩插畫家一份寶貴的禮物，也是想要認識美國童書插畫市場不可錯過的指南。——「插畫生活」版主、插畫家兼講師・李星瑤

目錄

卷一——從台北到紐約

卷二——以書為師

每一本作品都是一種成長

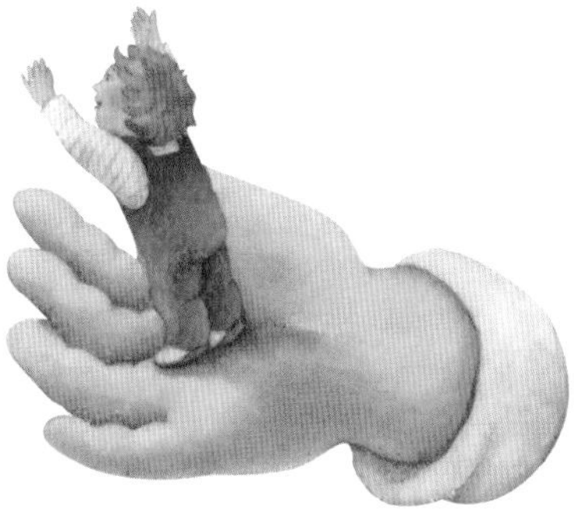

卷三——
小試身手——自己寫故事

卷四——
近半世紀的追尋

前言

美國著名的童書作家莫里斯・桑達克曾說過：「書本對兒童來說是不會過時的，它們只對成年人過時而已。」

我唸給小兒子閑閑聽，問他知不知道是什麼意思？他說知道，意思是當你還是小孩子的時候，你拚命不停地讀書（一邊還做埋頭猛讀狀），當你長大了，你就不讀了。——這是哪來的結論！不過好像又不無道理，只希望這不是真的。

與童書為伍已有十七、八年光景了，加上之前的畫畫生涯，攏攏總總也有四十年了。畫畫對我來說彷彿呼吸一般，那麼必要卻很自然。就像你不會去想：我怎麼呼吸呀？為什麼要呼吸？或者今天休息一天，不呼吸吧！直到有一天，在一個學校訪問中，好奇的小朋友提出了種種問題，例如我如何選擇故事的內容？我為什麼特別喜歡童詩？我為什麼喜歡嘗試不同的技法？工作中最困難的事情是什麼？……雖然有驚無險，安全過關地回答了問題，但事後不禁開始問起自己一連串相同的問題。過去如呼吸般自然的事，現在怎麼變得困難極了。

於是我花了好些時間，以自問自答的方式，整理出多年童書插畫的經驗。用理智呼吸可真不是件易事，在寫作的過程中經常掛一漏萬，但好歹也盡了全力，於是索性把它當一件作品，如實地呈現給大家！

卷一

從台北到紐約

從前從前——我的童年與童話

我愛畫畫，是無庸置疑的。從三、四歲人人稱我黃毛ㄚ頭開始，之後上了幼稚園、入了小學、中學……每一個相處過的老師，都不時地向我的母親保證：我將會成為一個畫家，多麼籠統的預言啊！但他們似乎多少言中了我一生與畫筆為伍的命運。

從小在城市長大，生活在那個年代並無特別可去之處，只有家門口的一方水泥地，玩耍的對象也總是妹妹，我們要不抓支粉筆，或拾一塊炭，隨處塗鴉。說旅行呢，去過最遠的地方只是板橋的外婆家。但是，我很愛幻想，愛做白日夢，不分時與地，只要有這麼一扇小窗，我準可

以對著外面景物編起一串故事——天上雲彩的消息，或地上的風吹草動，總有無數的戲在我與它們之間上演著。

有一次，爸爸不知如何弄來了一套《世界童話全集》，啊！那些美好的故事，為我的幻想插上了翅膀，我從此便——起飛了！回想那一本本的童話書，灰色的平裝書皮，用小小的鉛字體，印了一排簡簡單單的書名——《盧森堡童話》。最遠只去過板橋外婆家的我，在那個年紀就知道有這麼一個地方，叫做盧森堡，還有丹麥、智利、格陵蘭。每本童話書內的妝點也不比書皮精采，總是清一色報紙質地的書頁加上套了一色的鉛體印刷；但一個個故事，卻自有它華美的彩衣。讀著它們時，感覺自己也披上了那彩衣，鼓動著雙翼，飛向一個個古老的王國，神祕的鄉城無遠弗屆。

「那裡的屋子長什麼樣子？」「人們穿什麼服裝？」「公主哭出珍珠來是什麼光景？」我常有這些好奇，所以好想把想像中的童話世界畫出來。孩童時期的想像，直接又逼真，一個個美好的童話城堡，早在小小腦袋裡築妥，只待彩筆一揮，就呼之欲出了。想畫畫，當時家裡現有的，是大我六歲的姐姐教我做紙娃娃剩下來的紙，和一盒「利百代」牌子的蠟筆，在當時這已經是很豐富的材料了！我就這麼一張張地把單色鉛字的故事畫出色彩……

上了中學更是惡習難改，課堂上的每一本課本，凡有空白之處，都被畫滿了故事，《傲慢與偏見》《戰火孤女淚》《西廂記》……故事不分國界，沒有限制。慢慢地，進入了青春期的尷尬年紀，書讀多了，涉獵廣了，人也自認深沉了。除了風花雪月的故事總在我的十大排行榜上外，對於那些充滿憂國憂民、悲天憫人的文章，漸漸鍾情起來，人好像就這麼成熟了。與此同時，我決定就讀美術科系，雖然和童話世界漸行漸遠，但那些振翅翱翔的童年經驗，長久駐紮在我的體內，到現在，我還不時與那鼓動著大大的翅膀、身披斑斕彩衣的小女孩，四處翱翔著……

幼年時期的塗鴉，永遠大膽，無所畏懼

故事繼續——成長與繪畫

在開始接觸藝術創作的年紀，對很多事都有很多疑問。對自己的存在有疑問、對人生有疑問，對國家、世界都有疑問。把這些疑問強行放入創作裡，再用年輕人特有的天馬行空的想像力，努力刻劃他們所認知的人性與世界，然後為它們正名為「藝術」——那就是我青年期的重心。讀的書也不同了。除了許多藝術史的書、理論的書之外，有的人偏愛哲學思考，有的人瘋狂參與政治，也有些人埋首精研繪畫理論——期待自己成為一種新的繪畫風潮的獨領風騷者。

那一段日子裡，我大抵是很勤懇地在習畫的，整個藝術領域在我眼前拓展，各種畫派、各種主義、各種可能性，令人眼花撩亂。而超現實主義那種帶著寂寞的晦澀詩意，尤其吸引我。「超現實主義」是歐洲第一次世界大戰前後，詩人與畫家利用不同創作的方式，相互激勵而成的畫派。我喜歡這種內容的創作，因為這種表現方式，讓我對文字的濃厚情感與繪畫的表達技巧上，可以同時得到滿足。

我一方面像剛開了眼界似地興奮著，要把這眼前的景致盡收眼底，另一方面卻被一種未曾經驗的無聊漸漸襲上身，這是一種寂寞的感覺。我常常想，這無聊與寂寞是怎麼來的？雖然這樣想著，卻也不特別去追究，日子就這麼過去，後來也因為忙了，無聊彷彿減少了，但寂寞，卻一日日坐大起來……

視覺藝術中心插畫研究所時期習作（1990年）

視覺藝術中心插畫研究所時期習作（1990年）

大學時期油畫作品大小動輒數十號甚至上百號，但是初初抵達美國，因為行囊簡單，只好因陋就簡，改由壓克力顏料取代油畫顏料，紙張代替畫布，開始創作起一連串的小作品。

研究所時期實驗性的小作品

一個新的章節——成為一個插畫家

人生的變數既難掌握，卻又那麼地宿命。二十幾歲初出大學校園的我，一路走來，幾經波折跌宕，再回顧時，我已坐在紐約家裡的書桌前，二十年的光陰也已飛逝。初離校門，父親驟逝，母親罹癌，我離開了生長的地方，來到美國，一個陌生的國土，陪伴在美國就醫的母親。沒有了自己的文字、自己的語言，像拔了根似的，也讓自己飛離了軌。母親過世後，孑然一身。原有的那日漸坐大的寂寞感，更是盤據了一身。沒有一個窩心的住處，也沒有足夠的畫具與空間，每日只能以簡單的紙筆寫點感覺，畫點心境，聊以寄情。直到某些日子裡，在不經意的冥想中，偶然與那個小小的自己不期而遇——身披五彩繽紛的羽裳，飛著四處造訪的小女孩。猛然意識到：原來自己多麼懷念那些拾著短短蠟筆，大膽又盡興地畫著童話世界的日子啊！於是我又開始畫起一個個小小的故事——在這裡，我接觸到自己生命的源頭，看到幼小年輕的自己，對陌生的世界感到新鮮與好奇。我彷彿也看見自己在縮小……縮小……對這片新踏上的國土開始感覺新鮮與好奇。

我喜歡畫畫、喜歡故事、喜歡用畫來說故事、喜歡文字與繪畫結合時剎那間迸出的火花。是什麼力量不斷驅使我去尋找故事，並且把它畫出來，大概就是這個火花迸裂時的驚豔吧！

八〇年代中期，我抱著「初生之犢不畏虎」的傻勁隻身飛赴紐約——這個全美最大的都市，也是世界經濟、貿易、文化、藝術的中心。我有一個夢想要落實，想要成為一個童書插畫家。我感覺自己正披上那件斑斕的彩衣，細心地整理著羽翼，等待振翅而飛。

雖是初生之犢，但也不能忘記先做功課——尋找一個插畫經紀人，是我當前的課題。

我提著大大的作品夾，穿梭在曼哈頓高樓林立的市區內。紐約這個大都會，雖不如巴黎的浪漫、羅馬的古趣盎然，但它有一股朝氣，像是一塊磁鐵，不僅吸引了來訪的旅客，更讓年輕人蜂擁雲集，只為了在這塊試金石之上，把自己的理想磨出光芒來。我在短短的數週內，拜訪了幾家經紀公司，與幾位經紀人在晤談後，順利地獲得一位有二十多年經紀人經驗的女士的青睞。在她的公司裡，經營了二十多位名氣大小不一的插畫家，她邀請我加入她的行列，我們隨後便開始迄今第十八年的合作關係。

故事至此，我好像順利地開啟了「童書插畫家」之鑰，一路走來也似乎順理成章、毫無坎坷，其實這一切，大多要歸功在事前的充分準備、市場的接受力，再加上一點運氣。八〇年代中期以後，美國市場經濟保持景氣，童書出版業也日益蓬勃，但投入的創作者人數尚未激增。當時我二十幾歲的年輕生命，一心嚮往投入這個創作的行列，成為出版事業的一員。

在事前準備方面，當然「知己知彼，百戰百勝」，既然志在出版業，對出版事業就要有相當程度的了解。幾十年前，在網際網路完全不發達的年代，藝術家尋找資訊的地方，大概只有靠圖書館、書店或報章雜誌了！那時一個小小故事，至今記憶猶新：記得仍每天翻閱報紙的年代嗎？我就是在那個年代，不經意在一份華人報紙上讀到一則很有意思的啟事，大致上說，市民們如有「任何」問題，可以致電市立圖書館員詢問。這不禁讓我想到一部老電影，裡面的男女主角分別由凱薩琳·赫本和史賓塞·屈賽飾演，他們是兩名天才圖書館員，專門接聽市民電話，解答任何疑難雜症。不記得電影名稱了，但是那則新聞讓我好奇地拿起電話，試想會不會有個天才圖書館員在聽筒的另一端，能否解答我的疑難雜症……對啦！那是中文專線，沒有凱薩琳·赫本，而是一位溫柔如母親的女性回覆了我的需求，感謝她，因為就是她告知，一本在美國各個市立圖書館都可參閱的資料書籍《文學市場》（Literary

Market Place，簡稱LMP），刊登有所有美國出版社的名稱、地址、電話，以及編輯的姓名。年輕人想要尋找合適的出版社，可從這裡去查訪、聯繫，因為儘管每個出版社的行事風格不一，但一般而言，「編輯」是想入行的插畫家及作家該去聯繫的對象。本書並刊登一些經紀公司的資料供參考，我當時正是完全拜此書之賜。另一本名為《Writer's Market》的書，也有類似的參考價值。

當然今天的年輕人，哪需要打電話詢問？哪需要溫柔如母親般的建議？綜上至下所述，都是一個上個世代的退休插畫家的喃喃自語。然而我是這麼想的，這本書，也不是一本工具書，更不涉及理論，所以也不是一本理論專書，輕輕鬆鬆地，只是我的經驗分享罷了！

在此一提美國的經紀人制度：

在出版業的經紀人代表插畫家，是與出版社溝通的橋梁，他們了解出版業的趨勢，和出版社也有一定的良好關係。所以在商談合約時，經紀人通常能為畫家爭取到較好的條件，當然經紀人會索取一定比例的費用，一般合理的比例是百分之二十五。但是在此要打破一個迷思，就是編輯或許會多花心思瀏覽較有威望的經紀人所推薦的畫家，但這並不必然是工作到手的保證。一切結果仍取決於這個畫家作品本身的好壞，以及作品風格是否契合編輯的喜好。

再談一談美國的出版社如何尋找一位理想的插畫家：

當出版社有新書出版的計畫時，編輯部門會率先考慮一位他們喜歡的，或熟悉其作品的畫家，並與他（或她）聯繫出版的可能性。有時候編輯會參考藝術指導的意見，啟用一位新人（出版社常會有不少年輕畫家的作品影印資料存檔）。當候選人的範圍縮小到二、三人時，編輯或許會要求畫家們提供一張針對這個故事而作的小畫（sample），然後再進行最後的挑選。一旦決定了一位插畫家，合作關係便從此開始——包括合約的討論、工作進度的安排，以及正式工作內容的進行等等。

再囉嗦一下：出版事業畢竟是人際合作的事業，當編輯選擇一個畫家時，此人的個性人格特質有時也是他們考慮合作與否的部分因素，假若是一個新人，編輯們自然會多花一些時間指引與開導，但畫家本身也該儘早吸收專業知識，以便應付這個極其專業的領域。

為了去紐約尋找經紀人而準備的小作品之一

卷二——

以書為師

每一本作品都是一種成長

我如何創作一本書？

——當出版社交給你一個故事，你如何完成它

好了，現在你的正式身分是「兒童書插畫家」，是一種「自由業」（freelance），意指工作時間、工作對象大有彈性，工作場所也隨己之意，換言之，你就是自己的老闆。但這可麻煩了，曾經，我體內的老闆就和員工吵鬧不休（一個要求工作，一個想要休假）。有一度，我的書桌和冰箱只有五步之隔，你可以想像後果的恐怖（就是體重直線上升）。「自我規律」（self-discipline）似乎成了所有插畫家的第一工作戒律！然後，工作就這麼開始來了。一份、兩份、三份工作掉入手中，一次、兩次、三次與出版社的合作、摩擦、切磋、學習……慢慢地，一

個工作的模式就逐漸產生了。

1．**了解故事**：首先，當我剛開始接下一個故事，我必定要花上一段時間把故事徹頭徹尾地了解——作者想要表達些什麼？整個故事的基調是什麼？也就是說，故事整體的情緒與溫度是什麼？

2．**色調、風格與技法的決定**：一旦決定了基調，接下來就是色調（palette）的取決、風格（style）的建立、技法（technique）、節奏（pace）等等更多細節。

3．**分鏡圖**：當我讀著一個故事時，在腦中便逐漸浮現一幕幕故事的場景，並且一邊揣摩著將以何種風格來詮釋它，以便把文章的精髓，和它所遺落的角落都鮮明地提升出來。一本書是一個整體，每一頁都是這個整體所不可或缺的元素，在此時，可利用分鏡圖（storyboard，圖①）的方式，在一張紙上，用粗略的鉛筆線條，把故事分配到所有的頁數中，並列、瀏覽，研究每一頁的視覺流動是否順暢，整體的節奏是否安排妥當，鏡頭（視點）的運用如何影響構圖等等，並大致決定文字的位置分配。

在這個階段，有時會需要與編輯開會討論一下，聽取一些客觀的建議。待一切定案之後，便可以著手進行正式草稿的製作。

4．**草稿：**根據分鏡圖，把極粗略的小草圖一頁一頁放大成與書本同樣大小的草稿（dummy，圖②）。在此階段，必須添入許多細節，需要照顧的地方也更多、更複雜了，例如構圖、透視、角度、大小等等，大多是技術的層面。草稿完成以後，整個故事便視覺化了，這時一頁一頁翻閱過去，試著去體會一個小讀者在讀這本書時的反應以及感受，再做最後一步評量。這麼做是為了避免太過於自我陶醉而淪為自說自話（畫）、不知所云。

好！草稿完成了，這個時候的編輯先生、小姐們將體會到第一回心跳加快（第二回當然是雙手接到完成圖（圖③）的時候）的經驗，尤其第一次合作時，雙方多少都會有些侷促與緊張，因為這是個試探水溫的階段，如果彼此聲氣相投，之後的合作氛圍將會很平順，但是如果不知怎

圖①，分鏡圖

圖②，草稿

圖③，完成圖

的，彼此互相都有掣肘之感，那麼接下去的日子就得花更多功夫去協調、去適應，甚至去力爭了！有時草稿階段的不順遂，甚至將導致一本書最後完成得非常勉強，工作的過程更是一路顛簸。當然這已是題外話。言歸正傳，當與編輯開會、討論，並適度的修改之後，接下來便可著手進行最後一步工作——上色。

5．**上色**：這道功夫，雖在精神上可稍事休息，但是在體力與耐力上卻十分具有挑戰性，數十頁畫面，同樣的角色反覆出現，要如何讓自己和畫面的關係保持新鮮；我說新鮮，是因為有時候，經過一頁復一頁重複的畫面和角色，你或許會開始不耐於畫中的角色和故事了，這恐怕也是插畫家的另一大課題。

至於技法，每一個畫者都有自己一套上色的技巧。我個人並不喜歡拘泥於固定的格式，十幾年的插畫工作經驗之中，我從水彩、壓克力顏料、色鉛筆、沾水筆、拼貼、混合媒材，到電腦繪畫都因應不同故事的需要而嘗試過。每種創作的媒材都有它自己的特色，足以影響一本書的性格和風貌。把每一個交給我的故事，都視為一塊未開墾的新鮮之地，我絕不預設結果或固守成規，會配合這個故事的個性與需要去選擇最恰當的媒材，盡可能把它發揮到極致。十幾年工作下來，幾十本大小不同的童書創作經驗中，成功與失敗的比例都頗高，失敗的經驗學習尤其讓我覺得彌足珍貴。

一九九〇年我決定返回校園去研究插畫藝術。在研究所的兩年中我實驗了許多技法，並大開插畫藝術的眼界。它對我的工作雖沒有直接的影響（我一邊當個研究生，一邊繼續工作），但對我個人的專業涵養，卻有著決定性的大跳級。「工欲善其事，必先利其器」，我的器，大概就在那些不斷吸收、不斷實驗、不斷開發自己，去蕪存菁的日子裡形成的吧！

一些分享

隨時讓畫面保持新鮮：我們常常從第一筆開始打草稿，整個過程當中，畫面常常從充滿新鮮活力和原創力，到最後完成圖的過度修飾，失去新鮮之感，整幅畫好像化滿了妝，又過度地勞累，連線條也失去它們該有的活力。所以，在你忙著將畫面上多餘的線條擦去，又補上許多精緻的修飾色彩的同時，小心別讓你的畫面流於老成，而失去了活力與新鮮感。

一些非寫實的想像或誇張的人物、動物造型和表情，譬如一些可愛的人物、動物的卡通造型，往往流於刻板與不自然，而且太人工化，缺少誠實的觀察，所以這一類過於制式化又沒有生命力的造型應盡量避免。

非寫實的造型當然可行，事實上許多成功的兒童書中大多採用非寫實造型，兒童尤其喜愛它們。但是在塑造這些角色時，太依賴想像，最終勢必會受到限制，而且缺乏說服力。最正確的方法與態度，就是去參考自然的實景與實物，若是參考照片，就將平面的2D轉為立體的3D，先能掌握對象的基本結構，訓練自己靈活判斷它的各個角度的造型，接著再發揮想像力去做各種變化，記得不要抄襲喔。

成立自己的圖片資料庫：養成隨時剪下有參考價值的圖片的習慣，譬如報章雜誌上的照片，將它們大致分類存檔（咳咳！又是山頂洞人的經驗談，讀者諸君就將它轉換為「網上下載」云云）。這個隨手的習慣會讓你感覺到隨時有需要就能派上用場的方便。

最後，當你的技巧、你的風格都自然地成為你的一部分時，你應該會慢慢地忘記它們，它們在需要時會成為你的工具。而你真正需要下功夫的部分，就是去了解，去感覺你的故事。走進它的世界，去感受它的情緒和溫度，並試著抓住你讀它時的第一個反應和你的直覺，讓故事在你裡面沉澱一段時間，可能剛開始會陷入一片渾沌，你要有耐心，那些渾沌的畫面會慢慢釐清自己，出現清楚的面貌。

我在多年工作經驗裡，創作的初始階段是最神奇的經驗。那種渾沌的感覺起初像是一團迷霧，但有時候，我不經意地用鉛筆不停地以反覆線條來回塗鴉，先是用最直覺的反射動作畫出一些造型，起了一個頭，然後慢慢地，一點一點地，一些形體的輪廓便開始清晰起來，好像路就這麼打通了。

然後接下來的每一步，就得完全專心、運用理智、清楚地去思考。我常常反問自己，我的插畫有沒有傳達了它的訊息？完成了它的任務？也就是它究竟清楚地詮釋了這個故事沒有？不要怕犯錯，不要刻意，也不要操之過急地為了要去製造那些看起來好看又炫目的畫面，而去妥協了你的故事。你的畫面所傳達的主題和訊息，應該比是不是一張漂亮的畫重要！這應該是一張插畫的最重要任務。再說，沒有所謂完美無瑕疵的插畫，重要的是，它是不是一張活生生的、有說服力的畫。

看不見的骨架——一本書的砥柱

《What Can A Giant Do？》（巨人能做什麼？）是我接到的第一本圖畫書。是的，是的，那時的我，年輕，沒有多少經驗，從美國最大出版社之一 HarperCollins Publishers 手中接下這個故事，心裡除了興奮，還是興奮，一點也不懂「怕」字，也不懂出版事業是團隊作業，純藝術科系出生的我當時一味想著這是我「個人」的創作，真是孩子氣。當時一起工作的，也是一位初出茅廬的編輯，不知究竟是幸運抑或不幸？總之，我倆一邊互相琢磨，從不少挫折中學習經驗，所幸一旁有位資深的編輯耐心引導，書雖拖了一陣子才付梓，但我倆都學到了一生受用不盡的經驗。

這個故事──噢！不！它是首「童詩」。詩，是最有想像空間的文章類型。這首詩名又叫「巨人能做什麼？」想像空間又更大了！在選定角色（一個是巨人，另一個是小朋友）與風格時，我自然要把重點放在強調大小的對比與張力上，但又要避免大、小的衝突與對立，是非常有挑戰性的一本書。

詩，又講究押韻與流暢。讀起來該像行雲，也像流水，所以在製作分鏡圖時，我花了許多時間，藉著大聲朗讀、加入感情在音調中，讓整首詩的節奏帶有音律般的流動，而頁與頁之間的接續處則是個輕微的休止符，在此讓讀者可以調節一下呼吸，然後藉著下一頁構圖的變化，來引誘讀者進入下一個高潮……彷彿你坐在一葉小舟上，讓流水帶你去它該去的地方，詩唸完了，你也經驗了所有的景致，感受了情緒的起落，最後，對畫下的句點深深地感到滿足。

構圖：一本書的生命在於它的骨架，這可由它的分鏡圖來掌握，而一張畫的骨架，可說是構圖了，也就是在經營一個畫面時，把各個元素加以組織，並統一起來的過程。構圖呈現的方式何止千百種，每個時代、每個畫家、不同流派都有不同的面貌，但相同點是：一張成功的畫在構圖上，絕對是經過縝密的思考而成的。當我們看一幅畫時，我們立即看到的是主題和一些細節，我們並不會立刻看到構圖。但它是存在的，就像人身上的骨架，安排身體各部位置一般，構圖也安排了整幅畫的結構，這包括了畫面所有細節的位置、大小，以及相互的關係。

當我開始構思一幅圖畫時，我用非常粗略的線條將畫面的大結構勾勒出來，所有的細節在此時會暫時被省略，經過幾次修改又重組，直到我滿意了目前的構圖，便可開始添入細節，將大塊元素分解成幾個小元素，個體的面貌在此便一個個呈現了。

角色的成形：我的速寫本子，活像一個大觀園，它是我用來產下每一個角色的場地，也是我做手腦運動的地方。在開始創造一個角色時，腦子常常直接反射出一個造型，接著有時會進入一陣渾沌，需要更清晰的思考。角色也常在一改再改的遭遇下，面貌一變又再變，總要經過許多不同的嘗試，才會慢慢成形，這是絕對需要耐著性子，不可操之過急的過程。

骨架之外——外衣

數年前，我首次接到一個宗教出版社的故事，據說作者是個名氣響噹噹的宗教書籍作家，我心想：噢！不！上帝的故事！直到讀過了這首童謠之後，才驚嘆它不但不刻板枯燥，反而文氣磅礴，又充滿想像力。我於是很快地選定了稍帶點譎詭幽默的風格。在上色階段時，十分注意色調的選擇，大膽地以水彩混色下手，隨後小心地以色鉛筆收拾細節。這個處理畫面的方法，常常能得到不期然的效果，有時都叫自己啞然失笑了，好像真的得到了神助似的。

這本《The Bedtime Rhyme》（床邊故事）出版之後，作者和我應一家位於美國西岸洛杉磯市比佛利區的畫廊「Every Picture Tells A

Story」之邀舉行本書的原作展（該畫廊專展童書的原作），讓作品如實呈現在讀者面前，並配合安排了作者為兒童朗讀這首有趣的童謠，隨後與孩子們天真無邪的問題與感想一來一往，欲罷不能地暢談。當晚創作者與小小讀者彼此都感到一種難忘的美感經驗。

上色過程：首先，當三十二頁草稿都已定稿，我便開始準備上色的工作。我喜歡用一種 Bienfang 牌的 graphics 360 半透明的 markerpaper 來製作草稿，因為它的紙，質地夠厚，禁得起不停地擦拭，又呈半透明狀，可方便描繪轉印之用，比一般過薄的描圖紙好用多多。另外，Strathmore 出產的 Layout Bond 也是很好的選擇。在畫紙方面，我通常使用 Arches Watercolor 140 Lb cold press 紙來上色，這種紙的紙質堅韌，發色效果極佳又容易購得（這很重要）。在草稿與水彩紙之間襯一張 artist graphite paper（一種色鉛筆質地的轉印紙），用尖筆端的工具把草圖描到水彩紙上（圖④）。

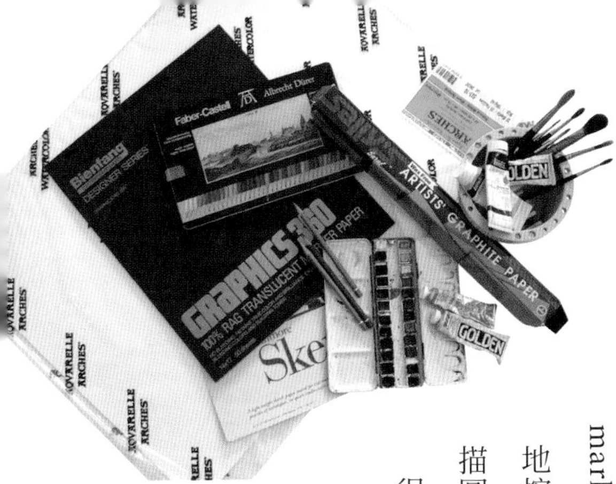

圖④

草圖轉印完成後，接下來就是上色了。二十年來，我習慣用 Winsor & Newton 專家用的水彩顏料盒來上色，顏色不需要多，十來色已綽綽有餘，可以混出所需的不同顏色。

我開始先用大筆調大膽粗略地填滿紙張，不去擔心筆觸，甚至不擔心色面與色面之間的接合線，讓這些都留到後面去處理（圖⑤）。畫面填上了該有的顏色，接著便使用一塊薄紗布手帕包住手指尖端，沾濕它來當作畫筆，然後在畫紙上將不同的畫面顏色混色搓合，製造不同層次的色澤與質感。顏色混合後，有時會導致彩度與明度的變化，在此時只消把這些顏色當作底色，掌握大局就好，不必擔心細節。水彩的部分結束了，就等它乾了。

最後一個步驟——運用現有多色的彩色鉛筆來製造更多色彩、細節以及三度空間的質感。每一種色筆，根據製造的廠牌不同，筆質也就大相逕庭，有的帶粉質的，如 Felissimo，較多油質如美國製的 Berol Prismacolor，另外還有英國的 Derwent Artists，瑞士的 Pablo Caran d'Ache，

圖⑤

德製的 Faber-Castell 以及可沾水暈染的德製 Staedtler Karat Aquarell。各種品牌筆質軟硬不同，質地多少有些差異，顏色加起來更超過數百色。多多練習、實驗，便可以掌握各種筆的特性而能運用自如。

淡彩+線條：淡彩和沾水筆的使用，給我一種自由無拘束的輕鬆感。材質方面，德製 Rotring 廠牌的液態壓克力顏料調水稀釋後薄塗，色澤仍十分鮮豔，也可多層次上色而不必擔心色彩變混濁。沾水筆使用的墨水，也可使用同一品牌的深褐色來稀釋後勾邊用。勾邊的線條該自有其生命——粗、細、輕、重、轉折、頓挫及顏色深淺都該有變化，它們是畫的一部分，而不是只用來呆板地框出一硬邊，隨後像填色遊戲一樣地填入顏色而已！

在人類文明之初，尚未產生文字與色彩之前，線條就已被大量地使用了。它可以表達出悲壯如虹的氣勢，也可以娓娓道述細緻婉約的情感。

我自小深受父親的影響，紮實地下了不少書法的功夫，尤其對於線條的無限可能更是深深地嚮往與折服。讀書時期，閒來無事常常在速寫簿裡以線條塗鴉自娛。線條至今仍是我最喜愛的創作方式之一。

在此要叮嚀一下：色筆的線條在印刷過程中會被減弱其強度，所以在畫的時候，要適度地加強。不過總要經歷幾次印刷，自然可以累積出經驗來的。

可讀性（readability）：一張畫的可讀性，就像一個風景區，有沒有值得駐足欣賞的風景。有時候太多照顧，太多人工修飾種植，反而失去了它原始的風貌，不只變得矯揉造作，更是了無生命力。很不幸的，一張畫的命運也是如此，從初稿的充滿原創力，一步步經過定稿時的精細化，上色過程中過度被修飾細節，而一點點地喪失了它的可讀性，取而代之的，是一幅只有華麗表層，而沒有生命內容的畫，那恐怕是一幅畫的最大危機吧！

不論你的繪畫技法是何等高明，記得尊重你的工具與材質，記得它們的特性，可不要做得「過度」了。如果你畫的是水彩，就把水彩紙的「白」當作它的基本底色，記得它的透明本質，讓紙「呼吸」，讓空氣在畫面中間流動。如果你用了過度的顏料，讓這個「白」不見了，空氣無處可流通，畫面也就跟著窒息了。或者你用了過多的筆觸去搓、去擦、去混色，過多照顧也容易害了一張畫，讓它了無生氣。要做到「恰到好處」實在不易，卻也是「上色」的第一大課題。

出版事業＝團隊事業

《Man on the Moon》（人上月球）——是本玩笑不得的書。當我從美國維京出版社（Viking Press）接過這個故事，便開始漫天幻想，直以為可以為所欲為，任意把這個阿波羅11號人類首次登陸月球的故事「童話化」。當下便自認設想周全，而且，「這是我的創作」，於是我將充沛的文思很快地轉換成草稿，又很快地寄給了編輯。得意忘形之下，完全將自訂的1、2、3（分鏡—草稿—上色）工作程序拋到腦後去了。一邊還開始興奮地計畫著色彩的挑選、上色的方式……沒料到側面從經紀人處傳來的反應是：維京的編輯與美編之間一陣慌亂，不但亂了陣腳，更不知如何告訴我（最後只好求助於我的經紀人），我那數十頁「絕美」的草稿，與他們的期待落差極大，沒有一頁能夠被採用。

有時候，當你的風格與創作的方向和出版社的期待相牴觸時，如何去預先防範或事後彌補呢？從這本《人上月球》我學到了一個受益無窮的教訓：切記事前先溝通討論的重要（我與美國維京出版的編輯都犯了相同的錯誤）！尤其一本書是多方協力合作的成果，作者、繪者、文編與美編都各有自己的想像與專業範疇，尊重每個人的專長並多溝通討論以達成共識，是避免摩擦與錯誤發生的不二法門。

以這本書為例，在完成分鏡圖時，我應先與編輯討論，做初步的溝通。出版社會邀你來畫某一個故事，必定事先經過銷售等各部門的開會討論，決定了你是這本書的最佳人選，所以在討論溝通時也不必害羞，儘管據理力爭，但與此同時，也不妨聽聽不同的專業、不同部門的意見。達成共識了，自己也就會對這本書及這個工作有更清楚的概念，知道在創作時的自由程度與限制在哪裡，這樣就可以真正地隨心所欲創作了。

這本有關阿波羅11號登陸月球的故事，一切畫作都必須根據史實，同時要帶入畫意，讓孩子們駐足在書中時，還能讓想像力馳騁在我們的家——地球與月球之間的外太空中。尋找資料，在這裡就成了十分重要的工作。多虧了紐約市立圖書館（New York Public Library）的科學分館藏書豐富，資料廣泛。加上這個故事的作者從小在父親工作的太空基地長大（NASA），提供了不少資料，所以整個過程尚稱順利。

找尋資料：尋找資料有時很辛苦，有時好似在與時間競賽。好資料又常常可遇不可求，好不容易找到了有用的資料，但又切記不可抄襲，要避免抄襲的可能，有一個方法可循，就是將平面的資料（譬如照片）三度空間化，空間裡的人或物於是就立體了，著重在它的結構本身（structure），利用這個結構所提供的資料來作為參考的指標（圖⑥），到此，這份參考資料可任你放心大膽、游刃有餘地掌控了。

《人上月球》的創作過程雖然一波三折，但最終大功告成，並且值得安慰的是《紐約時報》（New York Times）每週日的書評版（Book

Reviews）隨後刊登了一篇圖文並列的書評來討論這本書。能獲得名報書評討論自己的作品，大概是所有作者與繪者最渴望與樂見的了。

圖⑥

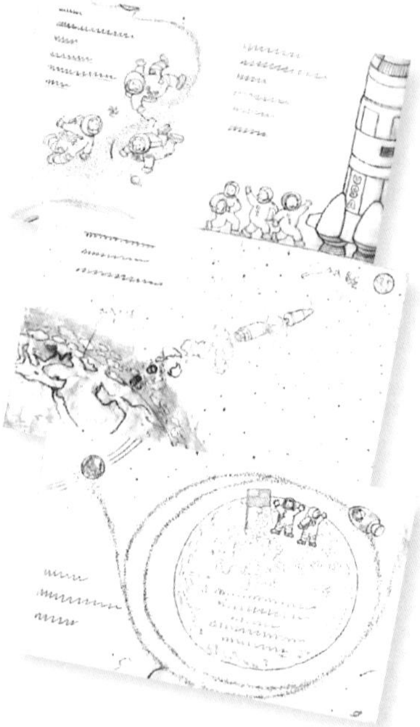

原來的草圖

重新創作的草圖

人在月球插畫之一

故事書還是圖畫書？先正名再說

自從《床邊故事》與出版社合作成功又愉快之後，每一至二年，我便定期受邀與此出版社合作。《A Cat In the Stable》（馬棚裡的貓）不再是首童謠，而是個討論希望的故事，它雖是本宗教故事書，但故事的重點卻存在於普遍的價值觀中——兒童對於生命消長的疑問、對希望的堅持、對失望來襲時的灰心與否認。

我很少繪製「故事書」，但對於這個故事卻感到一種特殊的使命感。也許書中那些複雜不解的感受，在我們孩提時代單純又無辜的心靈裡都或多或少經驗過，而不免成為一輩子壓箱底的迷惑吧？

在西方的傳統裡，故事書（story book）與圖畫書（picture book，我們又稱繪本）是有分野的，故事書以文字敘述一個故事，譬如《愛麗絲夢遊仙境》和美國百年有名的《綠野仙蹤》，圖畫的存在雖可為文章增色，但文字本身自有其獨立描繪內容景致的能力。相反地，圖畫書卻以圖文並茂，甚至圖勝於文的方式來講述一個故事，它有時能補足文字所無法表達之境，有時甚至完全取而代之，成為全無一字的圖畫書，端賴圖畫自己來「說」故事。

故事書與圖畫書的不同之處主要並不在於圖與文的分量與角色差別，而是在觀念（Concept）上的差異。典型的故事書，譬如西方《格林童話》，甚至中國古代小說，情節可複雜可單純，故事也可長篇可簡短，卻是由文字一方獨大的方式來敘述故事內容中所說、所見與所聞，文字本身即有能力闡述所有的細節。偶有插圖出現，雖然讓故事視覺化並為其潤飾添色，但這些只是調味品罷了！在早期印刷技術開始興起之初，故事書裡可負擔不起頁頁都有插畫，僅偶爾穿插個或黑白或彩色的圖頁。插畫在當時所負起的角色通常都是描述一些重點情節或大結局、大場面來為故事增色。近年來，拜印刷技術發達之賜，故事書中頁頁都有精美的插畫，把原本就已很完整的故事烘托得更加誘人了。漸漸地，圖畫的分量趨重，故事書的文字也就趨減，帶有大量插圖的故事書逐漸偏向簡短，日漸有別於其他的長篇故事或小說了。

同時，文化出版事業又注意到了兒童文學的重要與潛力，大量作家開始投入這類文學的創作，文章的面貌一夕之間豐富多樣了。不同風格、不同的寫作方式陸續產生。藝術家與作家更攜手投入市場，把童書世界點綴得色彩繽紛，令人目不暇給，分不出是文學市場抑或是藝術市場了。

「圖畫書」這名詞，便在這個「文學」與「藝術」的中介地帶出現（圖⑦）。這類書籍通常圖文並重，一般是為了年紀還小、尚未培養閱讀能力的孩子們而作，藉著「看圖聽故事」的經驗，讓兒童體會另一種形式的閱讀——不經由文字，而是透過圖畫本身來傳達文字的訊息。圖畫書可說是兒童與書本之間早期閱讀的橋梁。童書插畫家更是大張旗鼓，使出渾身解數，努力在這創作園地上下功夫。他們不以風格自限，試著尋求獨創不因襲的作品，其中往往不乏高水準的藝術佳作。

圖⑦

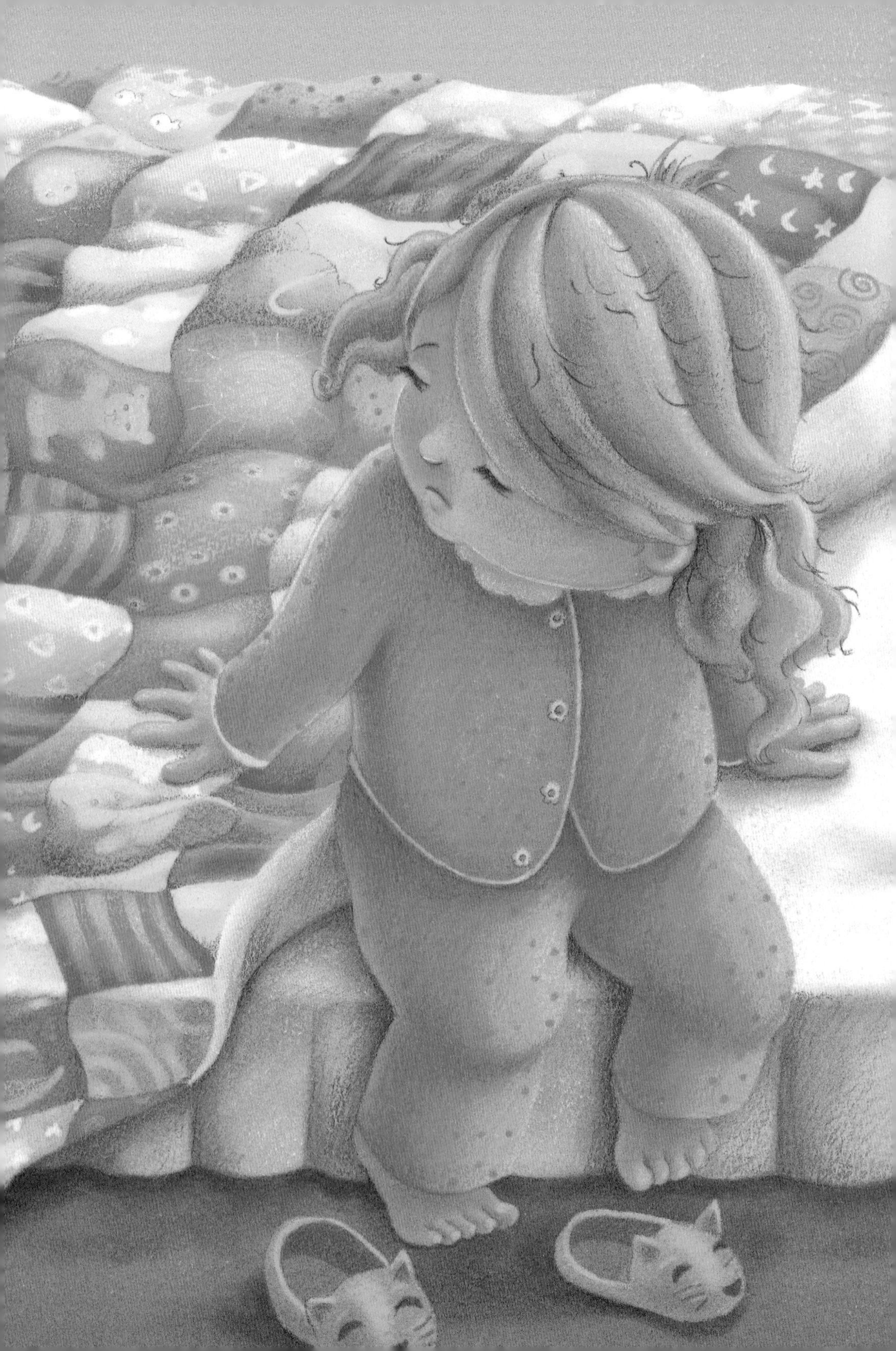

言簡意繁的文體——童詩

有時候，呈現一張畫面整體的氛圍，甚至比單純地描繪它的細節更重要。尤其在詩的詮釋上，意境的傳達比單調地敘述一個故事更重要，尤其兒童詩常常不在講述一個故事，而是一個事件、一個動作，或只在文字與聲音中玩耍罷了！

兒童詩，是兒童文學中相當重要的一環，我們說「詩歌」，就是因為它有極強的音韻感，在朗讀給年幼的兒童聽的時候，這種韻律的童謠口語是十分接近兒童的認知能力的，因此十分能吸引他們。它用的文字簡練，所以讀來沒有冗長累贅的負擔，而有著一氣呵成的快意，字裡行間的圖畫意境也就在吟誦當中一字一筆地給渲染出來了。

我們總認為作詩要符合起承轉合的結構原理，但文無常法，尤其童詩中就常出現不按牌理出牌的好作品，每個作者都有自己的著眼點與風格，所以童詩的文貌是不執著的。為童詩作插畫就更顯得重要了，插畫家可以試著去尋找作者的著眼點來詮釋它，把精髓提煉出來，也可以用自己的視點去解讀它，待消化吸收之後，創作出來的作品可能比詩本身更精采，無異於一件藝術創作。當然這是指成功的插畫而言，一張失敗的插畫，不僅會讓一首童詩頭上靄霧密布，毫無光彩可言，插畫家更要為之感到抱歉了。

在四〇年代的美國已逐漸開始重視兒童圖書的創作。這個時期的美國文學代表作者之一瑪格麗特．懷茲．布朗（Margaret Wise Brown）曾著作歷久不衰的暢銷童詩，包括《晚安月亮》（Good Night Moon）、《逃家小兔》（The Runaway Bunny）及《Two Little Trains》等等。布朗女士已於五〇年代過世，直到近年，她的部分遺作才由其後代重新授權給幾個主流出版社。

《Sheep Don't Count Sheep》（羊不數羊）（Simon & Schuster 出版）（圖⑧）即為其中之一，由我來創作插畫。這是一首饒富趣味的童詩——睡不著的孩子可以數羊，但是當羊兒睡不著時，牠數什麼呢？面對這首雖是白描卻極富想像力的詩，我在構圖以及上色時便盡情地營造畫面的情緒（mood），並選擇多重想像中的色調來處理一再反覆出現的夜景。向來對於使用飽和色彩情有獨鍾的我，在這本書上真是畫足了癮。我愛夜，更愛畫夜景，因為夜色之美，像是給天空穿上一件幽玄的衣裳，雖是夜，但也有明暗，也有色彩，並不只是漆黑一團而已。於是我強調它的不同顏色，讓每一個畫面穿上不同的天衣。

A bug jumped off a grass blade.
But every time his soft head nodded
and his eyes blinked closed, he saw
something else happening around him.

圖⑧

傳統繪畫vs.電腦紀元

從前，我常常有一個幻想：在未來的某一紀元會有人發明一種機器，你掀掀鼻子，就能叫它為你做事，當然我滿腦子所想的總是畫畫之事。現在我要告訴你，竟然真有「夢想成真」的事！這種機器原來是有的，只是不那麼單純地「掀掀鼻子」就可以的。總而言之，「電腦」就是它的名字。

因應電腦這個「小家電」漸漸入侵每個家庭，我也不得不學著使用電子信件（e-mail）與經紀人、出版公司聯絡、通訊，大量使用 e-mail 的浪潮之下，連電話交談的問候語都被省略了，插畫家玩的「一人遊戲」（Solitary）如今更顯孤寂。

當自忖漸漸要孤絕於外界的同時，竟在不知不覺中被電腦推向一個新的創作紀元。這本《羊不數羊》即是一本繪畫與電腦結合的產物。但是在創作的過程中，我始終堅持一個信念——人腦是活的，是創造力所在之處；電腦反之，是死的，是輔助並完成創造力的工具。

在草圖的創作過程中，我仍然習慣使用紙、鉛筆和橡皮擦這些摸得著的原始工具，我喜歡畫桌上滿是橡皮屑和草圖上一改再改的鉛筆線條。這些擦了又畫的過程中，記錄了我的思考和創作的軌跡，這種過程的紀錄是如此直接地出自我的感情抒發與理性考量，絕不容被忽視的。

草稿部分的創作結束了，進入由電腦代勞的第二階段——首先將草圖掃描入電腦的 Photoshop 軟體中，端看個人對不同版本的熟悉程度與操作上的習慣罷了。最重要的是「弱水三千，只取一瓢飲」，這是不爭的事實。別以為電腦萬能，真可以取代「你」，電腦確實有萬種可能，但如果你只需要其萬種之一的功能，那就是了！一直以來，我習慣性地只需要該軟體的幾個工具，即噴筆（我設定了數十種大小及軟硬邊不同的筆頭），以及 Photoshop 提供的所有可能的色彩，運用（外加的）光筆及畫圖板。工作及繪畫的方式基本上沒有多大的改變，只是似乎多了個助手在一旁幫忙調配顏色罷了（圖⑨）。待色彩畫到滿意的程度，便利用印表機將繪好的畫面印在九十磅（lb）的水彩紙上。我實驗過幾種不同的廠牌，個人仍偏好 Arches Cold Press 水彩紙。初初嘗試這個方法的朋友們可能得花一些時間去試驗人腦——肉眼——電腦之間的理想——轉換——現實的實驗，了解電腦色彩在螢幕上及印刷出來的色彩差異，並練習如何將印表機的色澤調整到精準的程度，使印出來的圖與螢幕上的色彩誤差達到最小。我必須承認，假借他手的心情並不輕鬆，而且總是很緊張，因為我永遠不能有十足的把握去控制它的成效，總得要等圖畫好端端地印出來了，才能鬆口氣，這個階段也終能大功告成。

好了！到最後一個步驟，即色鉛筆上色的階段了。我很開心，因為終於又可以摸起紙與筆了，而現階段的心情也是十分安定又有把握的。方式就與前章《床邊故事》一書的色鉛筆部分大同小異。

圖⑨

利用電腦繪圖，需要自己多次實驗，畢竟經驗無法移植，而且利用電腦繪圖是間接的繪畫方式，印表機印圖又是種「轉製的過程」，常會無端產出與預期或理想中不同的結果（我常常免不了要迷信，其實我的電腦也有它的脾氣）。累積經驗才能有足夠的自信去應付這種不能掌控自如的材質。

主角是動物？當然！

「擬人化」在兒童書中被廣泛地採用，早已是童書世界的一項傳統，在早期首度為兒童而作的伊索寓言和隨後的格林童話，就到處可見以動物為主角的故事。一直到近代碧雅翠絲．波特（Beatrix Potter）所創家喻戶曉的「小兔彼得」與迪士尼卡通裡的動物角色，不早已深植童心了嗎？我想兒童們大概從來不麻煩自己去分析「為什麼動物會說話」吧！

在古代文化裡，人與動物之間的關係是緊密相連的。所以自古以來，故事中描寫動物的頗多，以動物來陪襯或隱喻的也很多。而現今文化中「人的世界」，對年輕、尚不解世事的兒童來說，又好像複雜了些，把這種成熟且經過教養的價值觀加諸在兒童書裡又容易流於枯燥的教條宣言。兒童對於事物的理解力與批判態度通常源自於自己直覺的情緒和感情，所以為什麼童書裡會大量出現動物的故事，就是因為動物本身的自然與直接，較接近兒童未經加工的理解層面與同理心吧！

以動物為主題的故事可謂千變萬化，但無論主題與故事內容如何，對於插畫家而言，第一首要工作便是這個動物的塑造——亦即一個帶有人性而不失動物自然面貌的角色，先是在確實的造型上如何去賦予牠的生命以人性，而同時又要說服讀者，不給人勉強不安之感。想想看，一隻動物串場在一頁頁故事當中，穿著衣服，說著人話，有拿畫筆專心畫畫的，也有捧著茶杯喝下午茶的，還有打球、看電視、採訪新聞等等，不勝枚舉，要怎麼做，才能自然不矯揉造作呢？

「擬人化」的動物，外表要有人的姿態和神情，內心要富含人性的善與惡，但這一切人為加工之下，又不能不保留動物質樸未經琢磨的天然本質。身為一個繪者，如何結合這種種元素而創造一個合理的畫面？這

是相當可觀的考驗。

《Big Daddy, Frog Wrestler》（青蛙老爸爸）是全然以動物為主角的故事，講的是父子之間的情感，故事中出現了不下十種不同的動物，增添了許多樂趣與輕鬆感，當然也增加了不少工作量。我花了許多時間確實研究牠們的構造，了解牠們的動態，所以無論動物的姿勢如何改變或誇大，我都還能頗不費力地掌握住。「擬人化」後，角色的另一種複合的生命也就冉冉而升了。

and for the best wrestling partner
he could ever wish for to wake up.

雖然是數數的書，卻大有文章

美國是一個種族大融爐，族裔的話題，數百年來一直頗受重視與探討。到了二十世紀後期「地球村」的概念逐漸成為一大趨勢，地域觀念被打破，種族的對立在消弭中，弱勢團體也逐漸抬頭，「歧視」在這個社會裡越發不被認同。人類也漸漸在自覺當中：地球是我們自己的，是一個「家」，住在地球上的我們，都是一家人，是平等的一分子，但也要各自負起一份責任。因應歷史如此不斷地變遷、社會結構的調整，兒童書在被賦予教育功能的同時，或多或少也要背負一些使命感。

在九〇年代出版的《Smoky Night》（煙霧瀰漫的夜晚），講述因種族問題而產生暴動的故事，就是為了消弭種族糾紛而作，頗受好評。《One Hundred Is a Family》（一百是一家）的作者是個學校教師，雖然她寫的這本是數數目的書，但她寫本書的企圖心其實遠遠超過只是教小朋友數數目而已。雖然數數的書本來就有許多不同的表現方式，它早已受到不同年紀兒童的喜愛，作者在這本書中讓這類書的功能又多加了一層。她利用現今社會中多元文化的趨勢，打破了許多固有的成見，而刻意去突顯更符合時代、更人性的潮流。例如單親的家庭結構，族群的融合，少數族裔的認同以及對社區的愛護等等，充滿了對地球村的情懷。年幼小孩可以單純地練習數數目，而年紀稍長的孩子從這本書中看到的卻不僅是如此了。因為如此嚴肅又富有理想的題材，與這麼有趣的表達方式的結合，以至於書出版後，旋即受到各學校及圖書館的喜愛。《紐約時報》週日的書評版更將這本《一百是一家》納入「book shelf」推薦給讀者。《Los Angeles Times》（洛杉磯時報）也將它列入當年十本年度推薦書中！

在此我對於不同種族的畫法有一個小小的建議：就是要避免把族群和性別「刻板印象化」（Stereotype），別以為黑人就是黑臉、鬈毛、厚嘴唇，亞洲人則都是劉海、直髮、鳳眼、塌鼻子，西方白種人也不盡然長得都像芭比娃娃。女孩不必只穿粉色裙子，男孩也不全然是牛仔褲、棒球帽和運動服。在日常生活中有機會就不妨仔細觀察社會人群中種種的不同與細微的變化。

S
MOVING
CO

童謠也可疊羅漢

一種有趣的文體，就是文字如同疊羅漢一般，同樣的一句話將反覆出現在每一頁中，一句一句、一頁一頁陸續疊下去。第一頁：第一句。第二頁：第一句+第二句。第三頁：第一句+第二句+第三句……同樣的方法一直反覆持續到底。

兒童對於這種堆疊的文章形式特別喜愛，因為一再重複出現的文字與畫面，會讓他們產生相當的熟悉感，進而感到親切並且增加自信。《This Is The Ark That Noah Built》（諾亞造方舟）這個故事，是諾亞造方舟後，在風雨來臨前，他邀請不同的動物一對一對地走上方舟的過程。書中每對動物因為性格各異，所以附帶了聲音來描述牠們的性情，讀著這些描寫聲音的文字時，就好似真的聽到了不同動物的叫聲，一頁一頁往下翻，動物一對一對地出場，令整本書更加熱鬧起來，是個有動感又有音效的故事。但是如果同樣的內容重複地出現，只怕會令整個故事陷入單調的低潮。所以每一頁中講究構圖的變化，在此時就顯得格外地重要了。方法呢？其實有很多，例如利用遠距與近距的鏡頭變化，有時遠物無目，有時近到只看到動物的一角。另外尚有鳥瞰、仰視等等視點的改變，都是講究構圖變化的方法。

如此一來，從一開始就出現的動物，之後在每一頁出現時，牠們的大小、姿勢及位置都不同了。隨著每一頁增加一種動物的過程中，不同動物之間的互動不但增添了故事本身的趣味，更讓畫面產生張力與情緒。配合朗讀出來，這些動物彷彿要從平面的書中走出，進入這個三度空間的世界來了。

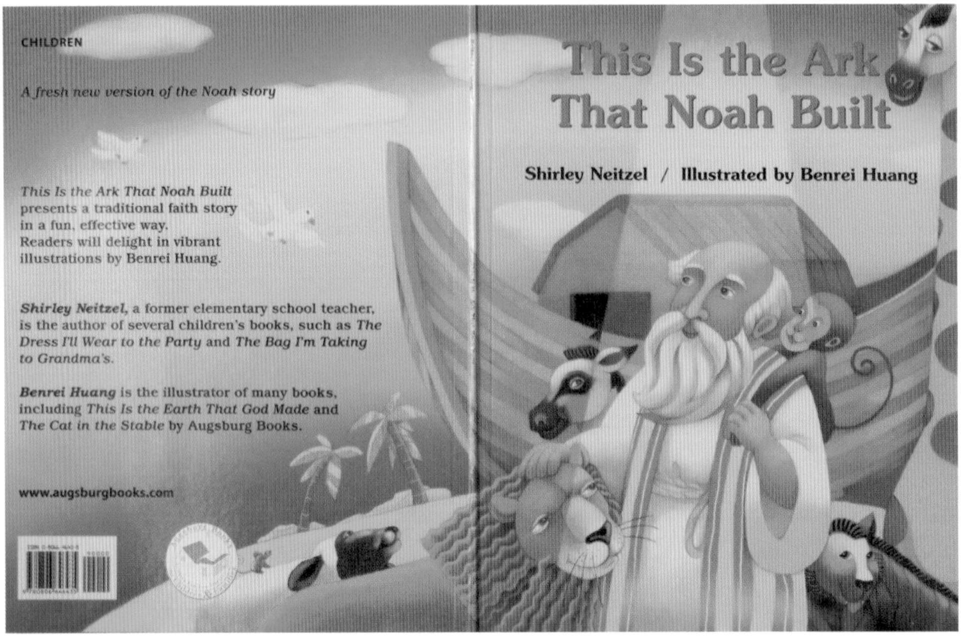
CHILDREN
A fresh new version of the Noah story
This Is the Ark That Noah Built presents a traditional faith story in a fun, effective way. Readers will delight in vibrant illustrations by Benrei Huang.
Shirley Neitzel, a former elementary school teacher, is the author of several children's books, such as The Dress I'll Wear to the Party and The Bag I'm Taking to Grandma's.
Benrei Huang is the illustrator of many books, including This Is the Earth That God Made and The Cat in the Stable by Augsburg Books.
www.augsburgbooks.com
This Is the Ark That Noah Built
Shirley Neitzel / Illustrated by Benrei Huang

These are the lions, with deafening roars,
that lay by the sheep with frightened baas,
that followed the donkeys, with hees and haws,
that went in the ark that Noah built.

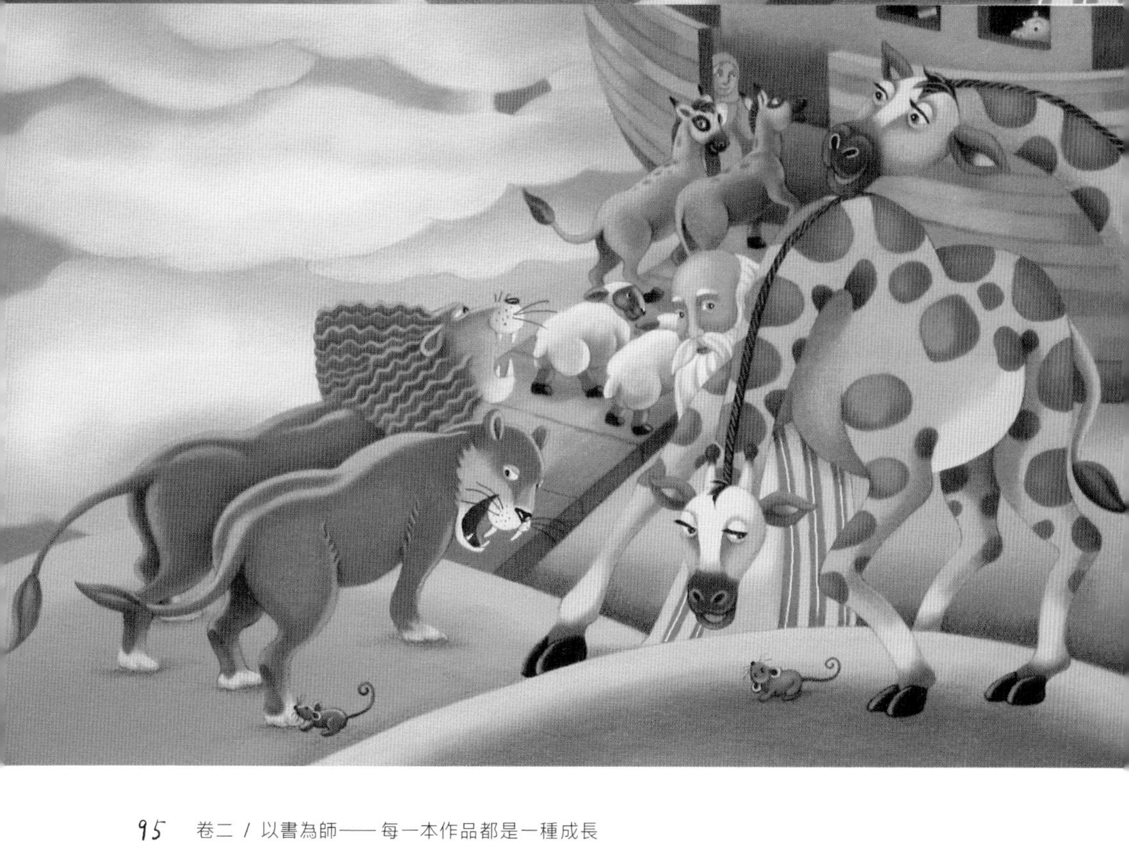

從隔靴搔癢的感覺到兩本實驗創作的誕生

一成不變的風格，對我，不只是我，相信對大部分的藝術家而言，都不是容易的。雖然不至於形同終日嚼蠟，但恐怕也挺乏味不耐的。所以當我面對不同的故事，我的心態總會因為它的內容與需要而有不同的調整，不只創作態度不同，甚至方式與材質都常因之改變，說是為了工作，也不過是個方便的藉口，其實為的也是讓自己對工作常保新鮮感與好玩之心。但是，這份專業工作中，難免會涉及出版公司的期望，經紀人洽談到的工作內容，還有讀者群對我的某些風格的偏好而受到限制，頗有掣肘之感。長此以往，每當我完成一本溫馨飄逸的童書之後，心裡的完滿結束之感反而逐漸被一種缺憾取代，覺得哪裡癢癢的，好想搔搔癢，卻不知怎的，總隔了層什麼。那想要搔到癢處的欲望，有時已到了刻不容緩的地步，而我也僅能在可能的範圍中，盡量跳出種種限制，淘氣調皮地藉著不同的故事題材，好好地在構圖、色彩和媒材方面大膽嘗試創作一番。而那隔了層什麼的感覺，像心裡有一匹要掙脫的野馬，想衝出來、突破什麼。

插畫：想突破些什麼，好像是說不清楚了，其實心裡明白得很。十幾年前在視覺藝術學院（School of Visual Arts）插畫研究所就讀時，我暫時拋下了童書插畫，轉而研究主流插畫藝術。插畫，依我的認知，其精神是文學與藝術兩者之間的橋梁，其形式是純藝術與平面設計間的一大片灰色地帶。所以作為一個插畫家很有福氣，端看這個藝術家的創作傾向與風格了。他（她）的插畫作品在技術上可以是十分純藝術取向或趨向平面設計風格，在內容上又可以自由地馳騁在文學與藝術之間。我在研究所的同期研究生中，有作家、畫家（例如我）、版畫家、出版公司和設計公司的編輯與藝術指導，各個來自不同領域的藝術家，都想在這插畫領域中挖掘自己的潛能，並挑戰自己的極限。

插畫藝術：我主張，插畫可以獨立不依附在文章之下。古代的文章，因為印刷業尚未發達，常常只能有一、兩張插畫穿插在文章內，甚至更早期的插畫是由畫家手繪的，當然那種書籍必定相當昂貴，並不能普遍流傳，只供皇室貴族閱覽罷了。當時的插畫功能，僅止於詮釋文字，所以那一、兩張可貴的插畫總是像個大劇場似地描繪大場景，期待用一張畫來敘述最多的劇情。而現代社會拜文明進步之賜，印刷技術也已克服一切限制，插畫的功能於是由僅僅扮演輔助的配角一躍而登上與文章平等的地位。圖文之間，不再只是互相解說對方，而是各自獨立，相互暗示。成功的圖文更能相互激勵，甚至相得益彰。

我在那個時期便曾利用魯迅的〈狂人日記〉為軸，改寫它並作為創作內容，隨後，做出一系列「立體插畫」的實驗作品。所謂「立體」就是三度空間之意，我利用深度五公分的木製盒子，運用多媒材的表現方法，或油畫、或平面拼貼、或多層次拼貼，甚或利用隨手取得的立體物件（found objects）來創作。因為是立體，所以創作的彈性更大，更自由。可用的材質更多，在實驗過程中雖因為經驗不足時時碰壁，但更因此處處出現意想不到的生機和驚喜！

隨後我因為這一系列實驗作品而得以出版《狂人日記》與《馬褲先生》兩本中文童書，在兩本書中我盡情地大量使用實物拼貼配合各種繪畫媒材，根據兩個故事的特有個性而給了它們非常強烈的風格。我以極誇張的手法、或直接的方式、或多重隱喻的手段，配合它們各自的節奏來創作。突破了過去的風格，毫無限制，甚至毫無章法地創作這兩本書。我覺得自己像個放暑假的小頑童，玩得又野又盡興，體力有時要不支，但心裡卻著著實實、滿滿足足地度了個好假！隔靴之癢是真癢的，但能伸了手進去好好搔搔，這感覺相信大家都經驗過吧！

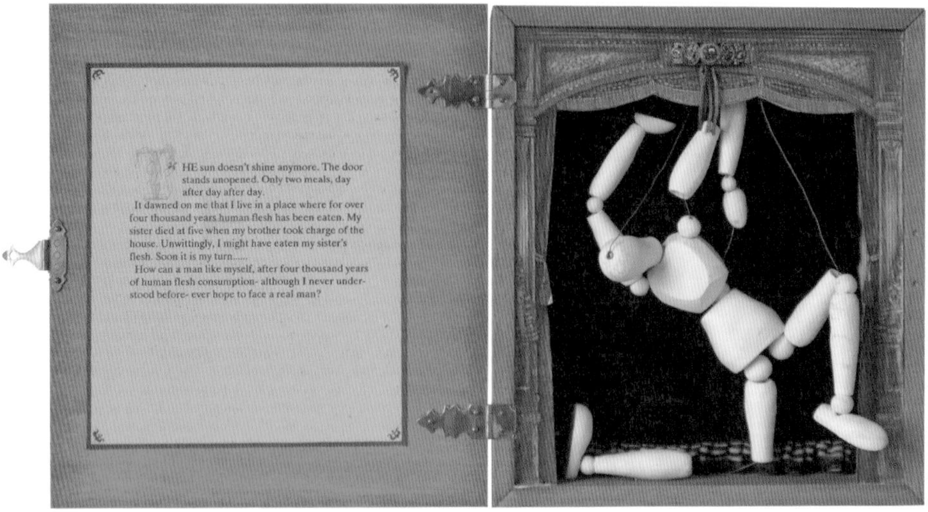
THE sun doesn't shine anymore. The door stands unopened. Only two meals, day after day after day.
It dawned on me that I live in a place where for over four thousand years human flesh has been eaten. My sister died at five when my brother took charge of the house. Unwittingly, I might have eaten my sister's flesh. Soon it is my turn......
How can a man like myself, after four thousand years of human flesh consumption- although I never understood before- ever hope to face a real man?

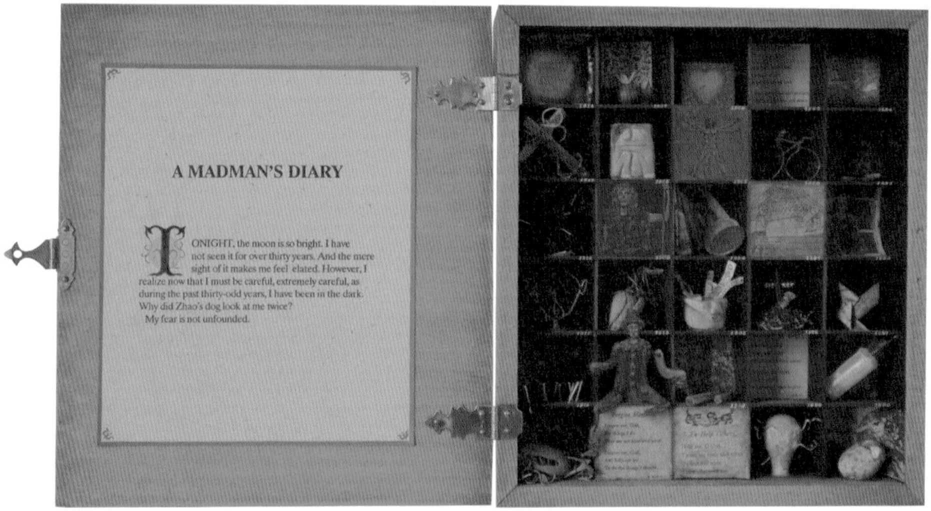
A MADMAN'S DIARY
TONIGHT, the moon is so bright. I have not seen it for over thirty years. And the mere sight of it makes me feel elated. However, I realize now that I must be careful, extremely careful, as during the past thirty-odd years, I have been in the dark. Why did Zhao's dog look at me twice?
My fear is not unfounded.

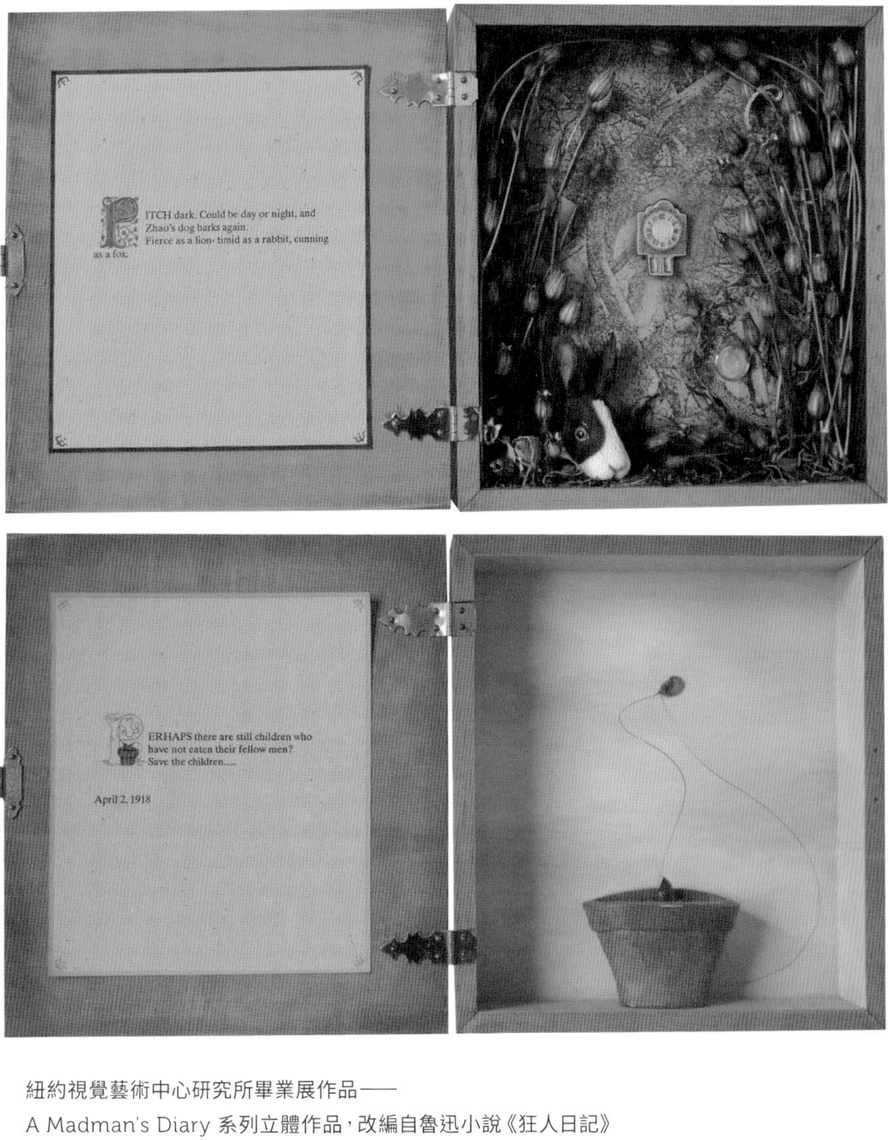

紐約視覺藝術中心研究所畢業展作品——
A Madman's Diary 系列立體作品，改編自魯迅小說《狂人日記》

狂人日記

魯迅在為自己的《吶喊》一書自序中提到，他曾在一間廢屋裡抄古碑，當時一個他的老朋友來訪，問他抄古碑有什麼意思？他說，沒什麼意思，他只知內心的寂寞如巨大毒蛇，纏住了他的靈魂。抄古碑，只是藉以麻痺自己的方式，朋友於是邀他為當時的《新青年》為文，〈狂人日記〉就是在這之後寫成的。

〈狂人日記〉以直接卻又反諷的手法，描述透過一個精神分裂者的雙眼，以日記的形式，看周遭環境的險惡現象以及每日的感想過程。魯迅雖然用極其諷刺隱喻的手段試著去冷眼批判那個時代的中國社會——八股愚昧與混亂不安，但是在這個大加撻伐的激進筆調的背後，卻富藏著那麼多憂鬱與感傷，悲天憫人情懷隨處可見。

在為此文作畫時，我完全祛除了第三者的客觀，而讓自己的視點全然通過主角人物的「主觀成見」，透過他錯亂與偏執的分裂意象，帶著批判的冷眼去描繪主人翁每日的遭遇，他的所見、所聞與所感。

我利用大膽直接又犀利不修飾稜角的手法，藉著把時間與空間交錯與重疊，讓讀者被動地隨著狂人的視線角度去看世界，同時也看到了作者隱藏的另一層暗示。整篇文章越趨結尾，作者的憂鬱情懷越趨明顯。雖然仍然透過的是精神病患者錯亂的視象，但我無法不去感應魯迅的「振臂一呼」的嘗試，以至於我也躍躍欲試地嘗試去彰顯他在文章表面的絕望，然而底層卻努力栽下希望種子的企圖——背景為無瑕的天空，一棵綠苗與一個姿勢像在母親子宮那麼舒適的嬰兒，兩者輕輕接觸著——這就是我為魯迅〈狂人日記〉結尾文章中對於「新生」與「希望」兩者所做的詮釋。

馬褲先生

拼貼（Collage）（圖⑩）：《馬褲先生》與《狂人日記》兩書所採用的都是混合媒材的創作方式。其中運用大量的「拼貼」，方法就是一方面利用現成的報紙雜誌就地取材來剪貼，一方面也可利用紙張或布料等不同素材來黏貼，製造畫面所需的效果。這種創作的方法及過程很自然地與兒童做勞作的經驗吻合，容易與他們產生共鳴而被認同。拼貼風格早已在近代畫家之中風行，他們利用現成物貼在畫面上以表現創作概念。而開始被運用到兒童書的創作上，是一九六三年由 Ezra Jack Keats 所作的《The Snowy Day》一書。他利用拼貼技法描述一個都市小孩在下雪日子裡的故事。他並因此書而得到當時的凱迪克（Caldecott）獎。

雖然同是拼貼與繪畫的混合媒材作品，但《馬褲先生》與《狂人日記》的內容與精神完全不同。《馬褲先生》故事十分簡單、有趣，講的是作者如何在火車上目睹這位穿著馬褲的乘客，其誇張可笑、作威作福

圖⑩，拼貼材料工具

的德性，又如何對火車上的茶房頤指氣使的過程。讀完了故事，不只令人對這位霸道的市井小民的粗俗與無禮感到不耐與無奈，但最終卻不免要被這個無知的魯漢搞得忍不住大笑了。

因為故事發生在火車上，所以「臨場感」是創作插畫的重點所在。首先，每一頁都可以隱隱約約看到以地圖為底的圖案，暗示著故事列車正「行駛」在它們之上，而火車行駛時的搖動，車上行李的晃蕩，加上馬褲先生超近距離的特寫和彷彿可感受到的超大聲量，都是我企圖以最直接的手法來刺激讀者的方法。而那位無辜茶房的表情，由最初的飽受驚嚇到逐漸不耐煩進而爆發，最後終轉為充耳不聞，也是一個仔細安排的重頭角色，作者與讀者都對他產生無限的同情。

這個故事掉落我手中時，是距離截止日期僅一個月的「火速件」（出版社臨時決定出版這本書）。格林文化因為信任我，所以給予我充分創作的自由，但也因此，這本書的開始階段呈現一片渾沌，我花了許多時間讀很多次故事內容，讓故事在心中沉澱，在腦子裡鮮活起來。各個角色的造型隨後便陸續出現，慢慢地，「風格」也決定了——整體的創作方式是拼貼的，色彩是鮮活的，畫面是現實的，至於節奏呢？要輕快、詼諧，並帶點「無厘頭」。

一個月的時間並不算長，其實是太短了（一般出版社給插畫家的時間雖不一定，但至少都長達三個月至一年不等），這個挑戰恐怕是激烈了些。每天，工作室丟滿一地的雜誌、不成功的草稿以及上色的嘗試。我看似漫無目的，百無聊賴地翻閱著報章雜誌，其實腦子裡運轉的速度可是平日的幾倍快，眼睛更是犀利得如同老鷹尋找獵物般，隨時在等待著獵取那個能與畫面結合的「形象」（image）。當找到了那個對象，心裡的歡喜真是難以言喻，彷彿一條康莊大道在眼前打通了，火車之輪又可啟動似的。但有時被卡在某一點許久的時候，好像鑽入了死胡同，任你如何轉身也出不來，可是忽而轉個念，不知怎的神機乍現，原來答案就在那麼明白處，啊！這種感覺就像坐摩天輪！

《馬褲先生》一書曾獲一九九五年中國時報「開卷」最佳童書獎，也曾入圍第一屆小太陽獎。得獎，表示評審和讀者與我日益契合。這本書光是初識封面，就挑起了讀者的好奇心，想探個究竟，到底葫蘆裡賣的什麼藥。其實，這張封面是整個故事最後完成的一頁，因為自己掉入一個死角，遲遲想不出個解決之道。一日，突然一轉念：不如用最直接的方法來詮釋吧！結果它成了最有力、最成功的一頁！有時候，好作品是可遇不可求的，創作本身的過程也可以是那麼戲劇化的喔！

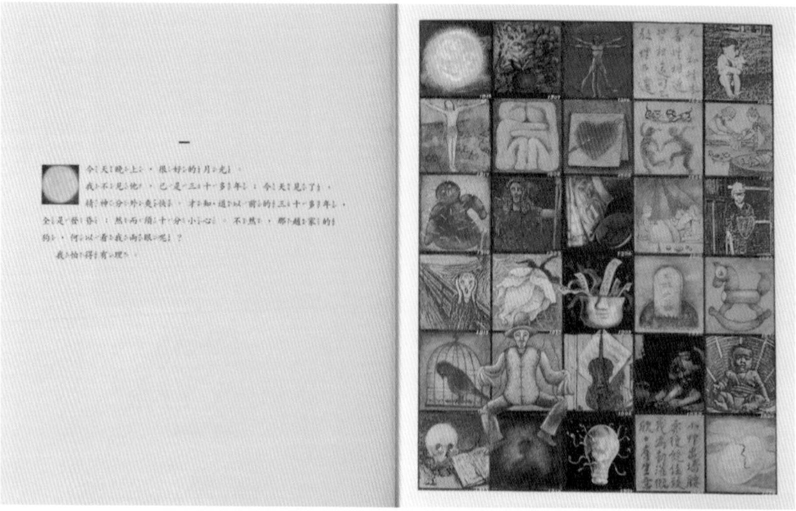

一

今天晚上，很好的月光。

我不見他，已是三十多年；今天見了，精神分外爽快。才知道以前的三十多年，全是發昏；然而須十分小心。不然，那趙家的狗，何以看我兩眼呢？

我怕得有理。

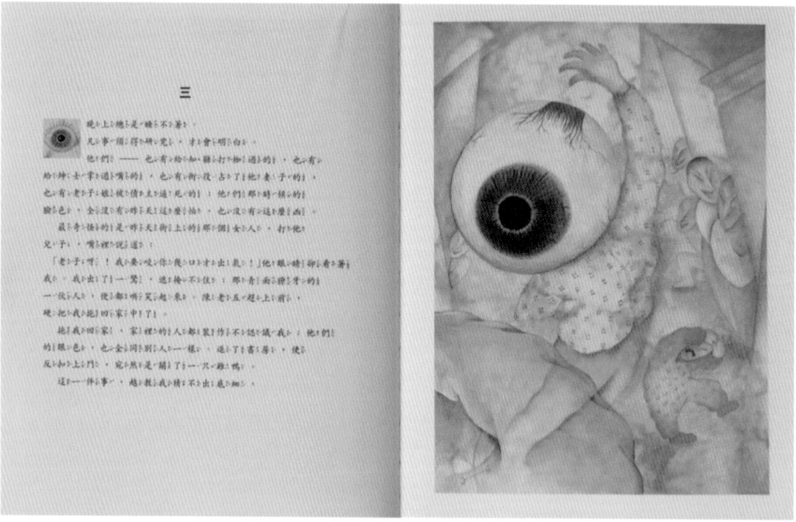

三

晚上總是睡不著。

凡事須得研究，才會明白。

他們——也有給知縣打枷過的，也有給紳士掌過嘴的，也有衙役占了他妻子的，也有老子娘被債主逼死的；他們那時候的臉色，全沒有昨天這麼怕，也沒有這麼凶。

最奇怪的是昨天街上的那個女人，打他兒子，嘴裡說道：

「老子呀！我要咬你幾口才出氣！」他眼睛卻看著我。我出了一驚，遮掩不住；那青面獠牙的一伙人，便都哄笑起來。陳老五趕上前，硬把我拖回家中了。

拖我回家，家裡的人都裝作不認識我；他們的眼色，也全同別人一樣。進了書房，便反扣上門，宛然是關了一只雞鴨。

這一件事，越教我猜不出底細。

由格林文化出版的《狂人日記》繪本插畫（1995 年出版）

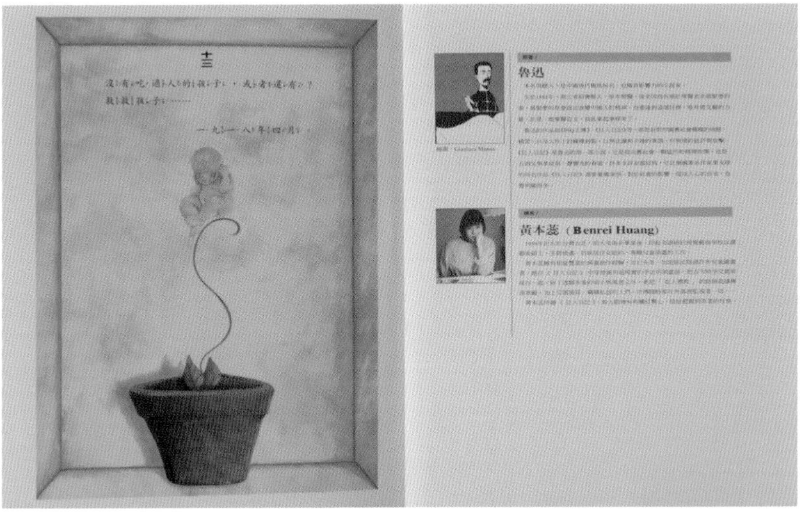

上：由格林文化出版的《狂人日記》繪本插畫
下：格林文化出版的《馬褲先生》繪本插畫（1995 年出版）

跳躍的想像力與生命力——畫者的挑戰

當我接到為楊喚童詩〈水果們的晚會〉的插畫邀約時，我的腦裡一條不知名的弦就開始規律地撥動著，不時地提醒著我：空間！想像的空間！虛實交替的空間！

曾經閱讀楊喚的詩，對他豐富的想像力既欽佩、又讚嘆。這首〈水果們的晚會〉內容精簡，但我看見想像力在其中跳躍。一邊閱讀時，便彷彿看見畫面在詩句中一幕幕躍出。我不願畫面成為單調乏味的插圖，這會讓詩本身的生命力也消失殆盡。而是希望藉由每一幅畫面，將詩句裡的想像空間發揮到極致。

在《水果們的晚會》進行中，每一張畫面都是充滿律動的。場景鮮活，又詼諧有趣。虛擬的空間與水果們實質的笑鬧彈跳如何到達平衡與共處，是一大挑戰。除了色調與光影這些重要的元素之外，那些平緩柔和充滿夢幻的色調（我在另一首兒童詩《羊不數羊》的插畫裡曾大量採用）在這裡似乎並不合適。我期待每一幅畫面都能有其質感與空間感，換言之，就是生命。所以花了許多時間選取紙張，作為個別的底色。紙張的肌理不同，花色不同，都為了製造不同空間與質感所取。而壓克力顏料與彩色鉛筆、蠟筆的交互運用，則更增加了畫面的厚度與肌理。

（圖⑪）

在創作的過程中，最興奮的，莫過於紙張與色料結合後，許多預期之外的驚喜效果。但也曾發生過完成一張畫後，發覺與前後頁無法流暢連貫，而必須忍痛割捨的情況。兒童詩的想像空間大，但是留給畫者的責任與挑戰就相對增加了！

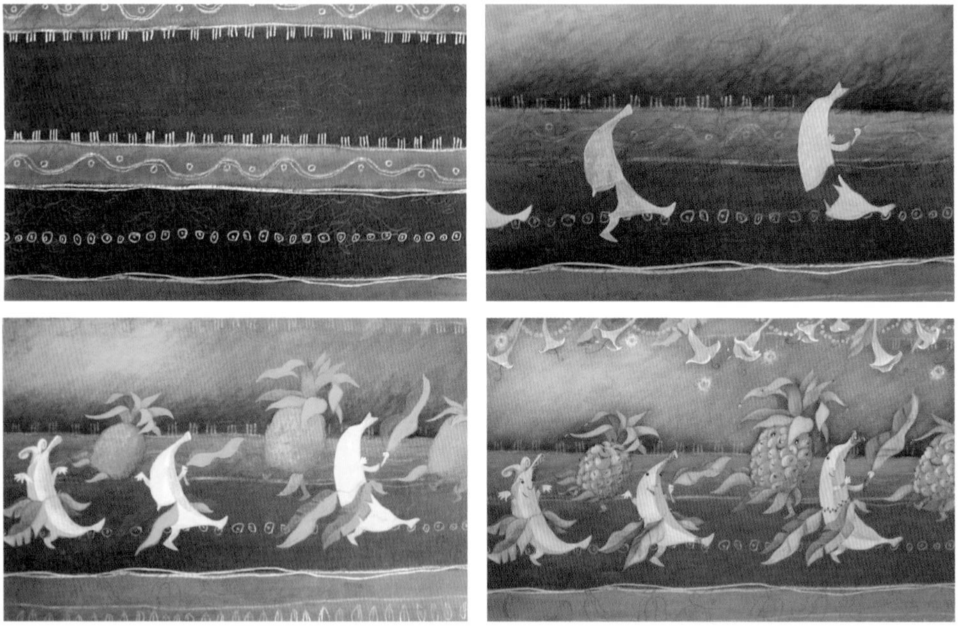

圖⑪

《水果們的晚會》繪本插畫（愛米粒 2021 年出版）

夏夜之美，美不勝收

在經過《水果們的晚會》之後，我又一次被委託為楊喚的另一首童詩——〈夏夜〉繪圖。〈夏夜〉是楊喚屈指可數的童詩中的經典之作。一手接過工作的同時，覺得肩膀沉重了起來。然而一邊讀著〈夏夜〉，詩中一幕幕美不勝收的畫面自顧從詩文中躍出……我揣摩著它們的氣氛，腦裡刻劃著它們的影像，一邊屏息靜靜聆聽它們的聲息，又忍不住深深呼吸著它們的氣味。

讀詩的經驗就是這樣，你不只在閱讀它而已，你讓詩帶你去經驗，詩文不會為你描述它的優美，它帶你進入它的世界，每個人只能憑著自己的想像力去詮釋自己心中的影像。我因為酷愛夜景以及它深沉與濃厚的色彩，在處理這首詩時，自然地選擇了這個方向。一般人或許想到夏天的夜晚，便聯想到清淡涼爽的空氣與淡淡水彩般的色澤；但我看到的卻是午後灰陽的餘映與太陽沉沒後逐漸沉靜下來的夜空與氣溫。天空的色彩從斜陽半落，到完全沉沒，月亮像銀幣般當空，最後高高遠遠地掛在書頁的一角，大地終於被籠罩在一片漆黑之中。

我最喜愛詩中「睡了！都睡了！朦朧地，山巒靜靜地睡了！朦朧地，田野靜靜地睡了！」覺得這幾句文字將整個夏夜帶入了最寂靜之點，連色彩都暗沉沉地隱了身子。前面所有的細節與描繪都結束了，大地也終於安靜地進入夢鄉。所以在構圖時我選擇將鏡頭控制到最遠，讓讀者遙遙地觀察整個沉睡中的天與地。為這灰濛濛的天地，我選擇了黑色的紙為底色，在黑色之上再以壓克力顏料疊了層層暗夜中山巒、田野以及靄霧的色彩。因為它托出了夏夜寧靜與安定的美感，你我因此也就忘了白天的燠熱與紛擾。

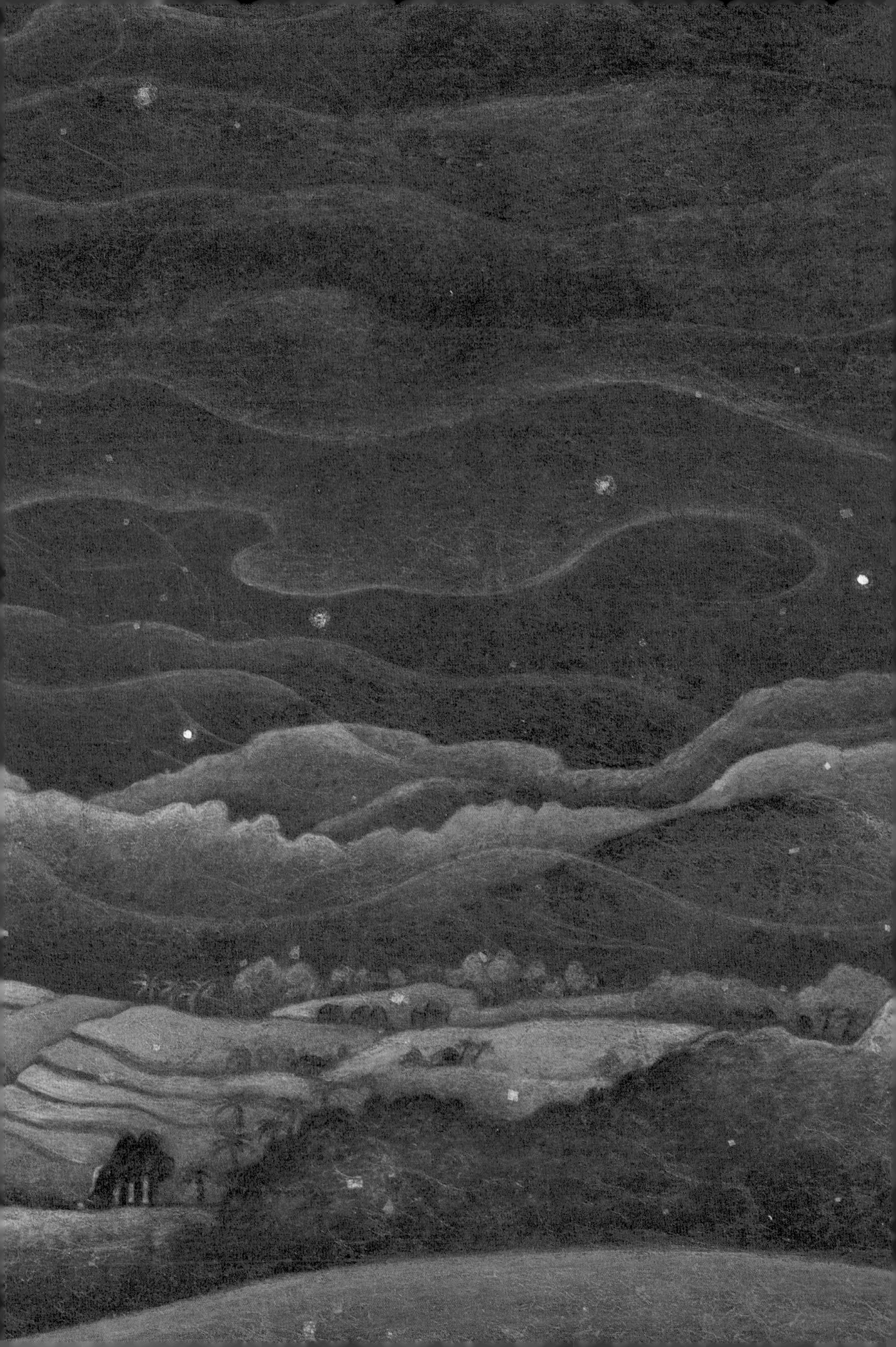

我與家人在童書世界裡共舞

在《床邊故事》裡那個屁股對著媽媽，轉過頭來用懷疑眼神看著她的小孩；《青蛙老爸爸》裡那對一起看電視，還不停對著螢幕叫囂的父子；還有《Moon Sandwich Mom》（月亮三明治和老媽）裡，睡不著覺，思念媽媽陪伴的小狐狸，以及許多其他書中角色的各種表情，都是日常生活中，我與家人共處的切身經驗。他們的喜怒哀樂，有時令我開心感動，有時也免不了火冒三丈，透過我這個消化機器，轉化到書中的各個角色裡，使他們的呼吸有了深淺，個性鮮活起來，他們的情緒也更多層次了。

過去在創作童書的日子裡，有太多時間去構想、沉思，常常無意之間在窗子玻璃上看到了自己的投影，那一邊的她也正側著身子望向我這方，我總會玩笑地邀她共舞，以打發工作時的過於寂靜與孤獨！現在我的世界已然完全兩樣，我的生活與工作已逐漸融合不可分，每日我在畫中與家人共舞。有一日偶然在工作時無意間抬頭，看見窗玻璃那頭的人也抬了頭探向我，於是我們彼此以微笑回應……

年輕的時候，每日的生活十分自由彈性，多年來也養成了一定的作息模式。起床後，總要花一定的時間準備一天的開始，就像一種宗教儀式般，莊嚴又不可被干擾。待準備就緒開始工作時，已接近正午了，但我有一整天的時間可以工作，急什麼呢？那是將近十年前的日子了。現在，我每天早早地起床，說早，其實也跟一般的媽媽一樣，因為我現在是個小男孩的媽媽。每天我送閑閑上學後回來，簡單一杯奶茶就是現在的儀式，然後我踱到工作室裡，開始一天的工作。既已為人母，負擔另一份全職工作（媽媽），身為插畫家的工作時間當然相對地壓縮很多，但我始終堅持維持寬裕的創作時間，絕不催促自己，寧可花比較多時間完成一本書，也不願為了趕時間而倉卒成軍，尤其在構思的階段，期待那靈光一現的契機是可遇不可求的。有時我坐在桌前看著室內陽光從炫亮刺眼到滿室昏沉，一地廢紙就是沒有一張可採用，心情焦慮之際，小兒子又因寂寞無聊而湊過來撒嬌，我索性邀請也酷愛畫畫的他（基因的力量）加入我一起「工作」（閑閑喜愛用「工作」一詞，讓他覺得自己做的事很重要）。看著小孩子那麼沒有企圖心，卻自信滿滿地出手即是一張沒有負擔又大膽的畫，真是心生羨慕，回想自己小時候不也是這般嗎？看著看著，自己也得到一陣鼓舞，心頭似乎也減壓不少。

兒童有時不自知地成為我們的心靈導師，看著他們的行為，我們有時也更了解自己平常不自覺的潛藏部分。有了孩子後，我感覺自己的作品層次更多，角色的詮釋也更立體了。當然，我的家人也常常在我的畫中出現。與家人一起生活多年，他們的一言一行、喜怒哀樂早已融入我的肌膚，牽動我的神經。當我為故事中角色的造型或行為傷透腦筋時，家人的影像便不時從我身體不知何處跳出，又一躍進入畫裡去……

卷三——

小試身手

自己寫故事

喂！故事還沒結束呢！

時間是晚上七時許，地點在紐約曼哈頓十四街聯合廣場地下鐵車站。大雨傾盆。急急踏入地下鐵時差點一腳著地踩到一堆狗屎。我還彷彿可以感覺到那涼涼的濕意以及地鐵站在夏天裡固有的陣陣尿臭味，而這些種種不堪的經驗竟然成了我們隨後決定遷居紐約的導因。我至今仍無法給當時的心態一個合理的分析，只記得翌日我與從事雕塑工作的先生決定搬到這個都市來。而當時我們只是兩個正在拜訪紐約的旅客，從西岸加州搬往東岸紐約市是非同小可的經驗，除了一連串縝密的搬遷計畫外，橫跨美國大陸的沿途路線與旅程也得仔細安排。數月之後，我倆浩浩蕩蕩地駕駛當時那輛日式豐田小車，車後車頂滿滿是家當，一路經過加州、亞利桑納州、新墨西哥州、德州、奧克拉荷馬州、堪薩斯州、密蘇里州、伊利諾州、印第安納州、俄亥俄州、賓州、紐澤西州、紐約州等，橫跨了美國大陸最後抵達了紐約市，一番旅途經驗永難忘懷。從此一邊讀書、創作，一邊又從事插畫專業工作。紐約市的文化藝術精粹自有其吸引人之處，求知慾高的人們在此盡情如海綿般吸收所需養分。美東又是出版業的集中地，隨時可見年輕的插畫家們提著作品夾穿梭於出版公司之間。在人才輩出的地方，競爭激烈，但機會更多，一旦有了好的開端（不論大或小），自我便可以在工作中成長，時間久了，經驗累積了，書店裡的書架上開始一本一本地出現自己的書，那種滿足是無與倫比的，也不是一些現買現賣的短線投機方式可以一蹴而得的。

美國在六〇年代之後，社會、種族等等平等意識開始抬頭，這現象反映在兒童書中，除了種族平等，還有男女權平等，工作、信仰等等平等意識。「地球村」的潮流洩洪之後，「平等」「融合」等意識的廣度就更大了。各國不同種族的故事與來自世界各角落的插畫家都是出版社爭相覓求的對象。幾年前，不少編輯得知我是一名華裔插畫家，便主動邀約我寫一些亞洲的故事。

「寫我自己的故事？不可能！」我是個插畫家，不是個作家，我心想。雖然我愛文字如同繪畫，但對於專業相當敬重的我怎敢想像自己越過這個門檻去嘗試寫作呢？但也就是這個契機，讓我開啟了想要寫自己的故事的念頭。接下來的幾年當中，我除了不停地做著插畫的工作，一方面也開始抽空拾起另一枝筆在文字當中研磨。經過許多不成功的嘗試創作，慢慢地，一字一句地，文字變得較精練了，故事較有說服力了，敘述能力也更完整了，一個個故事就這麼誕生了。

故事啊！故事！
圖文兩棲作家

我對於寫作一直都有一個迷思，認為只有在語言及文字方面有才氣又訓練純熟的人，才能寫好一個故事，而忽略了一個重點——一個好故事內容（寫什麼？）和技巧（如何寫？）一樣重要。一旦突破了這個迷思，保持一個清晰的頭腦，按部就班來，寫作就變得不那麼陌生與遙不可及了。

✩第一步：先決定自己適合寫什麼？

決定了要寫的故事，接下來就是在自己身上下點功夫，了解自己的性向，適合說什麼樣的故事？自己習慣取材何種故事來源？創作的靈感通常從哪裡來？不是每一個人的背景都一樣，氣質都相當，尋找自己適合的那一扇門，打開了後，看過去都是自己能了解、能溝通的世界，基本的掌握就有了。

✩第二步：故事題材哪裡來？

我的故事題材來自我的世界——內心的與外在的。生活中周遭的人事物經驗，一些特殊事件的感受，一些書中的啟發，有時候白日夢與夜半睡夢也可以是極好的靈感來源。譬如說我有一個好友，平日身居要職，可謂日理萬機，但在家時卻常遭一對兒女嘲笑：爸爸不懂鋼琴，五音不全。一晚，他夢見自己即將登台鋼琴獨奏。待他一上台，聚光燈頓時群聚，他猛一低頭，才赫然發現那一架史坦威名琴竟開始一路縮小……縮小……小到剩下只有八個鍵的玩具鋼琴，就是他平常只會哼的那八個音……有趣的夢！很幽默又可取的題材。只要留意，故事的題材可信手拈來，生活當中大大小小事情都蘊藏著故事。

☆第三步：文字與畫面配合來說故事

文字與畫面配合，就是圖畫書（picture book，也就是繪本）的形成，是一種很獨特的體裁。每當我有一個模糊的故事概念產生時，它通常以電影畫面的形式進駐我的腦裡。我的腦門也就像相機的快門一樣，一個畫面接著一個畫面地將故事情節定格摘下。為了更清楚說明每一幕的故事，這時便有賴於文字了。如果你是個慣於文字思考的人，可以根據這個畫面提供的靈感盡量去用文字敘述。相反地，如果你慣用視覺思考及偏愛畫面的話，那麼就根據這個畫面的直接需要給予必要的文字即可。文字配合畫面來說故事，最重要的是「說清楚」一個故事，累贅冗長的文字敘述，或絢麗多於內容的畫面，都對故事沒有任何幫助，反倒削弱了故事的強度。其實，一個故事不論簡單或複雜，都有一個基本結構。先是它的主題及宗旨，就像一棵樹的根，你看不到樹的根，但你知道它在那裡，它是整棵樹的支柱。由根部向外發展的每一株枝葉就如同一個故事的細節；所有這些細節的發展都必須與主題，還有其他各部細節是一體的。主題的發展常常以陳述一個事件開始，繼而產生一連串衝突或矛盾（conflict），逐漸帶入高潮，然後以一個令人滿意的方式結尾。但就像每一棵樹有不一樣的姿態一般，每個故事的結構安排也不盡相同，所以產生千變萬化的面貌。

除了主題與結構之外，一個好故事也要有一個好的內涵，這就是一本書給兒童們最好的禮物。一本書的內涵提供兒童一個平台，它用一種包容與提供避風港的方式，讓孩子們得到認同與安全感。這就不難想像有些人將自小閱讀過的一些童書視為珍寶，因為它們提供的不只是故事而已了。

☆第四步：計畫一本書

故事能夠完整地說清楚了，接下來，便是開始計畫所有的細節，這包括實際的書本尺寸和外觀的「形狀」。一本書的完成是多方努力的成果，除了作者、繪者之外，還有編輯、美編、設計及印刷等實際參與製作的部門，都對一本書的成敗有著影響。一個好的故事和一張好的插畫都有可能因為草率的設計或拙劣的印刷而功虧一簣。讀者看到的僅是印刷後的書，而不是原作，每一方參與出版工作的部門都應付出最大的努力，作者與繪者也該適度地去了解一本書籍的基本裝訂結構與製作過程，製作上出錯的可能性自然會降低不少。

☆第五步：讓畫面陸續地產生

當我自己且寫且畫一個故事，通常我的文字與分鏡圖是同時進行的，這種工作方式最大的方便，是文字與畫面常常可以為了配合彼此或加或減地改變，互相輔助、妥協，或彰顯對方，以期讓兩方的合作達到最大的效益。而我的最大樂趣更在於能把文字融入畫面中，讓它成為畫面的一部分去玩耍，或有時乾脆讓畫面獨自去說故事而省去了文字。一本圖畫書在這時真的名副其實地成為一本 picture book 了。

一個很好的練習：一本圖畫書，是藉著一系列相關聯的畫面串連起來去敘述一個故事。你可以藉由這個方式來把一個連貫的故事填入一連串空白的格子中（圖⑫）。先從一個「事件」開始，仔細推敲事件該如何發展，其中該包括一點障礙、一點高潮，最後給它一個完美的結局。你的草圖可以稍粗略，也不必大。目的在於訓練自己能夠利用畫面來說故事的能力，同時練習給予一個畫面一點文字敘述。這些文字要能夠連

圖⑫

貫，也要夠吸引人，讓兒童們因為受到故事（文字＋畫面）的吸引而想要翻到下一頁。多做這種練習，你的圖文相輔相成的敘事能力自然會有進步。

挑戰（圖⑬）**：**有了這個基本能力之後，接著不妨挑戰自己，發展一個較複雜內容的故事。讓高潮一波波迭起，故事的角色增加，支節也更多變化，讓故事和畫面能持續到一本圖畫書的標準頁數——三十二頁。一般而言，前面四頁是屬於前言（front matter）部分，之後的二十八頁就屬於故事了。你可以選擇單頁（single page）或蝴蝶頁（spread）的方式，文字可集中在一頁或安置在畫面裡，創作者常有相當自由的選擇，但這也表示作者的責任加重了，當然必須更加審慎地思考才成。創作一個故事雖有相當大的彈性自由，但較為現實的限制，便是如何將一連串的故事安排在既定的頁數中，雖然故事情節有高低起伏，但不能夠讓任何一頁流於空洞沒有內容。這就是為什麼要多做一些這一類的練習和挑戰。

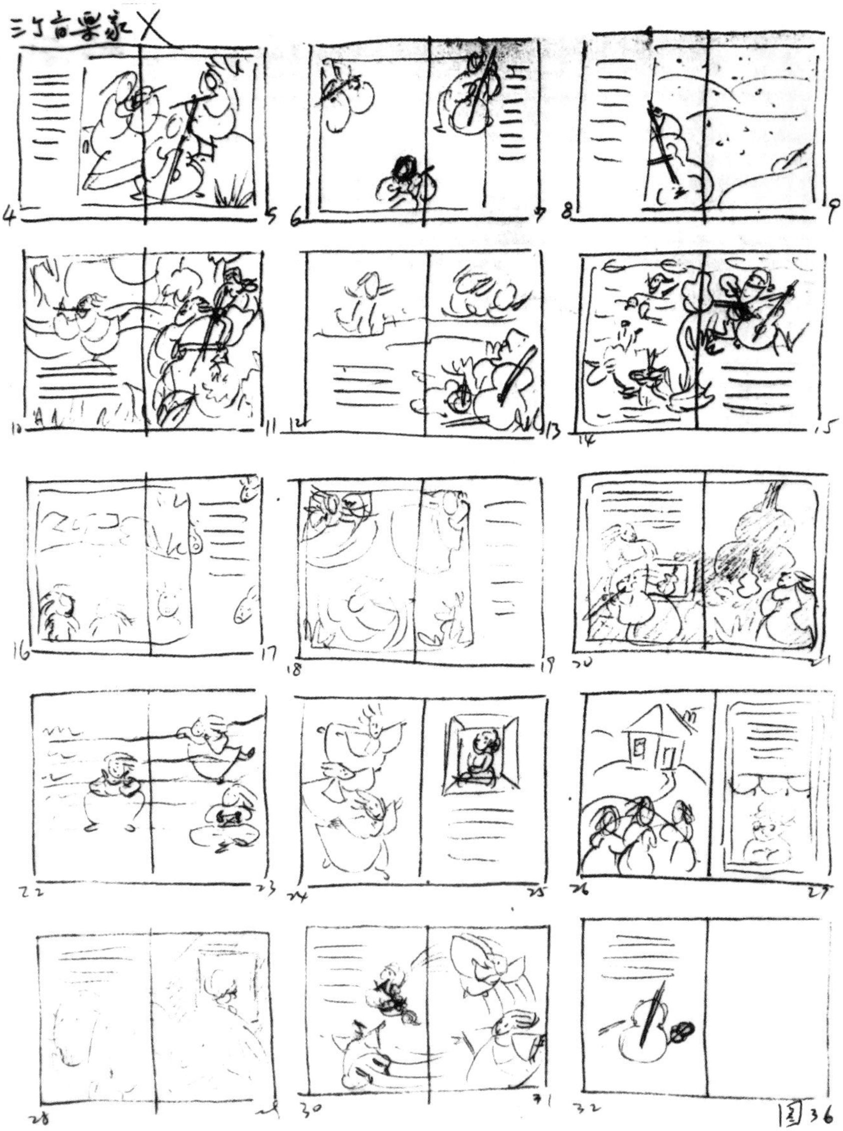

圖⑬

韋瓦第的《四季》瀰漫在空氣中的靈感

三胞胎，長得一模一樣，又都是音樂家，唯一可以讓別人辨認的識別證是他們所奏的樂器——小提琴、大提琴和長笛。一天，他們心愛的樂器不幸失竊，一切至此便風雲變色了……我常常一邊在工作時，一邊放著熟悉的音樂，陪伴自己度過那些漫長的工作時數。一天在聽著韋瓦第的音樂〈四季〉，多變的季節描述一幕幕景象在我眼前升起，我彷彿可以嗅得到冬天的雪花飄到嘴裡的冰涼感。還有在炎熱的夏天裡溪水中水花濺在岸邊草地上的潮濕氣息。還有那橘紅的秋後斜陽，春天的彩蝶伴著新綠四處招搖著……於是我畫了第一張「三個音樂家」，當時純粹只是為了好玩，說是心裡有感而作吧！慢慢地，一個模糊的故事情節現出了輪廓，一點一點逐漸清晰了。細節，包括了障礙以及高潮也陸續出現，整個故事經過重複整理，改寫後有了穩固的結構，我也在同時進行畫小草圖（即分鏡圖），好幾次，圖文不停地修改、搭配，終於走到了最後一個步驟——上色了。

我的人生導師——魯迅說的小故事

魯迅的〈肥皂〉是一篇人物為主角的短篇故事。第三人稱的故事，講的是夫妻之間因為一個小事件的誤會而鬧彆扭，讀了叫人覺得相當有趣。我旋即想到自己從小也有一些類似的印象，對大人的世界不甚了解也無從關心起，而爸爸媽媽畢竟是人，也有著夫妻之間的爭執與誤會。我因此興起了改寫這故事的念頭。不同的是，我採取第一人稱的寫法，讓故事更戲劇化，感受也會更接近讀者——從一隻狐狸兒子的角度毫無頭緒地去看發生在一夜之間，屬於大人（狐狸爸媽）的戲劇。決定把角色改為動物，是為了能讓兒童感覺親切並接受。不致因故事內容與孩子自身經驗不夠貼近，而對故事產生疏離感，甚至拒絕它。故事雖然說的是人的話題，但角色身著動物服裝，沒有年代、沒有國籍之分，讓人不致以有色眼光看它，不愉快的誤會更容易淡化了。

SOAP

兒子小時候，常常叫生氣時的我……

兒子從小在雙語的環境下成長，中、英文的起步都發展較緩。周旋在兩、三歲的孩子身旁，真可得學到一身「靜如處子，動如脫兔」的好本事。但儘管是慈母畢竟還是人，總難免有「七竅生煙」的時刻，兒子那時候便常常稱呼我momster，他意指惡魔（monster），但還在語焉不詳的年紀，卻把媽媽（mom）和惡魔（monster）給結合了。這無意玩弄文字的意外效果給了我寫這本書的概念——《廚房裡有個momster》。因為文思泉湧，另外又發展了《我桌上的 DADVIL》，把爸爸（Dad）和魔鬼（devil）結合，因為兒子和他爸爸常常爭搶電視機遙控器、電腦的滑鼠，一對父子在此時就像一對兄弟一樣爭執不休。書中的惡魔和魔鬼並不可怕，一個是非常有權威的，處處在要求並且行動火速，另一個是愛作弄、愛逗趣又調皮。故事結尾，momster 和 dadvil 都洩漏出他們母親和父親的真正本質，是打心底裡愛著這孩子的。所以

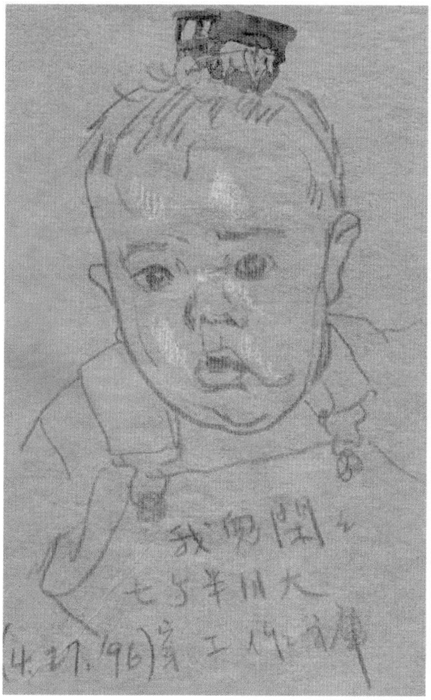

不論過程中爸媽多麼地教兒女受不了，小朋友看完了以後，雖然覺得好像是自己家的那一對父母，但終究還是要開懷地去接受他們的。

在美國，文字是可以自創的，一個自創的字，只要說的人多了，久了便要被扶正，成了一個正式的字眼。所以在兒童書中，常常也會出現不少自創的字，有時描繪聲音，有時形容動作，都可以為兒童故事加料，增加它的味道。

有個小男孩名叫「閑閑」，他討厭很多事……

每一個人都有做小孩的經驗。從學齡年紀開始，每一個階段都有太多的活動，太多的功課，太多的東西要學。漸漸地，「我討厭……」之聲此起彼落，因為小孩子也有話要說，他們不喜歡被要求，不喜歡天天被驅東驅西，雖然爸媽做的一切都是為了他們好。「閑閑」討厭很多事，他討厭剪髮，雖然我實在不懂為什麼，但這卻是事實。他還討厭讀書，這點還稍稍可以理解，但他又熱愛著童話故事，這下子該怎麼辦呢？沒有了書的故事……

「我討厭」系列是我生活當中遇到的孩子們所討厭做的事，有的討厭洗澡、有的討厭上學、討厭彈琴、也討厭吃飯（至少！）。這一系列「我討厭」的故事，敘述閑閑如何討厭並排斥著做這些事。但在每一本書的結尾他卻都心甘情願地去做它們，是發生了什麼事使他回心轉意？他從自己的反動中學到了什麼教訓？

台北紐約都是家

一天，我們走在回家的路上，途中經過一個修車廠，外頭停了幾輛正在修理中的車子。車子附近地上流了一灘被油漬暈染的水，水面的油光反映出幾許色澤，兒子一見便叫道：「媽媽！妳看！Rainbow！」凡是聽到的人都不禁莞爾。這不是童言無忌，這是兒語增色！在紐約這個大城市就像任何一個人文薈萃的大城市一樣，市容擁擠且缺乏公園與綠地，孩童們無法在綠油油的草地上滾動、奔騰，也無法無牽掛地穿梭在街坊鄰居家。「自由自在」在這裡是有附帶條件的，但是只要覺得這裡是家，不管「這裡」是哪裡，它可以是小兒子出生的紐約的家，也可以是我出生長大的台北的家，彩虹在這裡並不只出現在雨後的晴空，它們處處可尋。小時候，媽媽牽著我的手，穿梭在街坊巷弄之間，那是我熟悉親切的地方，鄰居隨意招呼著……現在我牽著小兒子的手，穿梭在格林威治村的大小街道中，經過的雜貨店、洗衣店，以及花坊的老闆與郵差們也同樣親切地招呼著。

多年來居住在都市裡，最賞心悅目的事便是周遭出現在身旁或有交集或毫不相干的人與事物。工作疲累時，上街走一遭，看看這個大城市萬花筒裡每一片色彩，心裡覺得很豐富，也覺得很「酷」，從來就無須遺憾居住的都市沒有一片大草原。

誰是膽小鬼

多年前，長達二十年其間，我一直從事著兒童書的插畫工作。當時我有一位長期合作的經紀人和不定期會固定合作的出版社。曾經認為自己已在做一份相當美好的工作了，應該就這麼走下去吧。殊不知何時，哪裡來的心理上的不滿足感冉冉上升，且隨著日子益發強烈起來。直到有一天，我的經紀人宣佈她要退休了！正確地說，是她要從這份工作退休，因為長年為人作嫁的工作讓她突然好懷念過去曾經擁有過的畫家夢。因此她決定，要開始另一份工作，就是成為一個全職創作者。

她為了圓夢而勇敢割捨既有的事業，間接也讓我不禁心裡癢癢的，好像也有一股蠢蠢欲動的勢力在準備造反。現在回想起來，其實就是相同的不滿足感在吶喊。長年為他人的故事畫插畫，不管喜歡不喜歡，這就是工作，但是這份心中缺憾卻日益坐大。

《誰是膽小鬼》就是在這樣的氛圍當中，想嘗試創作屬於自己的故事的心情下而產生的作品。故事的主人翁確有其人，這故事也是根據他的親身經驗而寫，只不過在真實生活中，主人翁是他，而不是她。這是兒子小時候跟表姐去逛農夫市集時發生的真實故事。記得那天兒子回家，很興奮的跟我敘述故事經過時，我這做媽媽的，差點翻過去，當然更免不了心生佩服。心想：「當時你的母親隻身來到紐約，人生地不熟，靠的就是初生之犢不畏虎的勇氣，才能在這塊土地上生根茁壯，原來你繼承了我的好基因啊！」

《誰是膽小鬼》是我自寫自畫的第一個故事，原本期待會有第二個、第三個、第四個……但是兒子成長太快，母親來不及在如同乘坐雲霄飛車般的教子經驗中轉換成故事，所以就先以此故事如實呈現給大家。在插畫方面，也擺脫過去一貫的創作媒材，嘗試全新的拼貼技法並與蠟筆等材質結合，製造出看似隨性，甚至相當粗糙的拼貼風格，十分自由，個人也相當喜愛。

《誰是膽小鬼》內頁插圖。
「……小非心裡一邊想著：『我才不是膽小鬼…』，一邊伸出了緊張的手……」（愛米粒2021年出版）

卷四——近半世紀的追尋

成為童書大家庭的一員

若要嚴格算算我的畫齡，從三、四歲時的塗鴉期至今大約也足足有四十年了。其間沒有一個階段我不是與畫為伍的。從小時候的隨處皆可畫，為好玩而畫，為愛畫而畫，到現在畫畫成了職業，在紐約的鬧市之間勉強走出了一條可以邁步子的人生之路，生活當中著實統統充滿著畫。

現在這個世界，印刷技術發展到了頂尖，書本取得如此地容易，比起幾十年前的孩子們只能讀沒有彩色圖畫的書，現在的孩子們活像是生活在童話天堂裡。童書的創作者從過去幾十年甚至幾世紀前篳路藍縷，踩出坎坷的路子，兢兢業業地開墾著童書的園子，一路經驗了時局的變遷，風潮的改向，到現代社會中成為孩子們成長過程不可或缺的一環，書店裡更是少不了童書部門。各種教育科系裡更有不少兒童文學或插畫的創作課程。種種的努力成績匯聚成河，成為一個優良的傳統，它記載著由過去到現在無數優良的藝術家、文學家，傾其一生之力，為兒童文學致力的過程和結果。

簡單的歷史：試著設想看看，在三、四百年前，多數的孩子從未接觸過書本。早期的書本都是手工書寫和繪製的，這些多數是道德與宗教的書籍，極其貴重，並不屬於平民。直到十五世紀才開始有印刷的書籍出現，在這之前，沒有書的日子裡，所有的民間或寓言故事都只能憑藉口耳相傳，很難想像這是一種什麼樣的景象！

逐漸地，開始有了專為孩子們所寫的童書，較早的便是由 William Caxton 以木刻版畫所印刷的伊索寓言（Aesop's Fables）。然而第一本童話書的出現則要直到一六五八年由 Bishop John Comenius 所製的木刻版 Orbis Sensualium Pictus（世界繪圖），他為了利用圖畫教兒童認字而製作了這本自然歷史的書。這本書直到十九世紀還在歐美被廣為閱讀而一版再版，但是直到當時，童書的用途仍止於教學上的使用。在英國，兒童書籍的插畫有其一貫的傳統。在十九世紀較有名的有William Blake，利用銅版開始創作。而從 John Newbery 開始出版優美的童書之後，許多為兒童所出版的童書，包括科學、自然、藝術、地理、歷史等等陸續出現，一直延續到今天。值得一提的是，十八世紀的歐洲開始對神仙故事（fairy tale）內容的神祕優美，感到無比的吸引力。安徒生（Han Christian Andersen）和格林兄弟（Brothers Grimm）集結了許多個民族的故事，成為最有名的說故事者。

慢慢地，彩色印刷術跟進了。印刷師 Edmund Evans 所主持的工作室，吸引了不少藝術家包括 Walter Crane、Randolph Caldecott 及 Kate Greenaway 等來參與合作。今日美國的兒童繪本大獎凱迪克獎就是根據 Randolph Caldecott 而命名的。

碧雅翠斯．波特（Beatrix Potter）所著的小兔彼得（Peter Rabbit）是

近代英國膾炙人口的暢銷童書，書中可愛小動物的一舉一動、經驗和遭遇，都散發著十足的魅力。加上利用主角所製兒童產品包括玩具、床組、文具等等，孩子們書內書外都能接觸到這隻可愛的小兔子，使得小兔彼得的身價，在童話王國中居高不下。由英國興起的現代童書風潮，自二十世紀開始，陣陣吹向美洲大陸。不但印刷技術更精湛了，歐洲繪畫的幾個運動和派別，以及美國本土風格，多少也影響了童書插畫的創作而出現更多元的樣貌。各大出版社，例如Macmillan 及 Doubleday 等開始成立童書部門，童書出版事業欣欣向榮。

圖⑭

到了四〇年代，人們更意識到為兒童創作書籍的重要。瑪格麗特·懷茲·布朗（Margaret Wise Brown）即為當時的代表性人物。她的故事吸引兒童，更吸引了許多優秀的插畫家為她的故事做插畫。（圖⑭）

五〇年代，嬰兒潮來臨，連帶也施惠了童書市場。因為高彩度、明度及多色相的彩色印刷術越趨成熟，插畫市場不只吸引畫家投入創作，更有平面設計師（Graphic designers）也加入行列，著名的李歐·李奧尼（Leo Lionni）和艾瑞·卡爾（Eric Carle）就是其中的代

表，他們的作品中瀰漫著濃厚的平面設計概念，簡單的造型，飽和的色面，完全打破了傳統繪畫的風格。（圖⑭）

到了六〇年代，隨著種種意識的抬頭，譬如種族平等、女權運動等，隨之也反映在教育前線的童書創作裡，這不僅照顧了弱勢民族，也教育了民眾平等對待來自不同文化背景的人的重要。這個傳統一直持續至今，當出版社在籌備較富教育功能的書籍時，會給予插畫家們一些特別的指示，譬如描繪不同種族兒童時，要避免制式的人物造型（如亞洲人的鳳眼、塌鼻，非洲黑人的鬈髮厚唇等），男、女孩的服裝也盡量避免制式的顏色（如男孩穿藍色、女孩穿粉紅色等）。

美國的出版業從六〇年代以後一路方興未艾，出版物面貌更多變化，印刷技術更完整。插畫家猶如雨後春筍，不勝枚舉。大量書店裡總可以找到一個舒適的角落陳列精美的童書。這一段時期以來最具代表性的人物，就數莫里斯・桑達克（Maurice Sendak，圖⑮）了，他著實是當今最襲古承今的人物，由他的作品中我們可以看到一個藝術家如何研習早

圖⑮

期古典繪畫藝術並融入自己的創新中，他的繪畫作品清爽明確，文字簡潔有力，一點也不做作，是我相當崇敬的畫家之一。

十幾年前我帶著一份緊張戒慎又興奮無比的心情進入西方插畫這個大家庭，成為其中一員。在這個都市叢林裡，也曾穿梭在辦公大廈之間，與編輯們、美術指導們開會、討論，據理力爭。童書出版事業在我個人的經驗裡是相當通情達理的行業，尤其對於作者與繪者大都能禮遇三分，加上經紀人制度的完整與成熟，完全能代替有時過於單純天真的藝術家們承擔簽寫合約與議價的辛苦差事。這對藝術家們自然是一件幸事。

我坐在坐落於紐約曼哈頓 NoHo 區家中的工作畫桌，常常是一壺好茶便能伴我馬不停蹄地工作一天。但有時也難免會有絞盡腦汁也擠不出一筆的狀況。此時索性望向窗外——隔壁鄰居屋頂花園那一棵日本楓樹發了新芽、牆沿那隻母鴿又在調戲公鴿，玩捉迷藏了——這一切景象常常叫我看得出神，待一回神，才猛然發現紙上仍一片空白！然而隨後一秒鐘可能就是點子出現的時刻了。創作一事就是這麼難捉摸，難預料，但又不時出現驚喜。無論創作過程如何不順、挫折百出，但最終總能以喜劇完滿落幕，沒有難倒自己以至於收不了場的窘況發生。

所以，來吧！年輕人！來成為這大家庭的一分子吧！雖然天底下沒有一蹴可幾的成就，但經過耐心的學習與磨練，並對自己保持高度信心，還有一點好玩的心，相信撒什麼種必會結什麼果。你有一天也會有好書一本一本出版的。

從此，他們快樂地生活在一起

或許，你要懷疑，童書創作這條路究竟將把你帶向何處？你為何不先問問自己，你想往何處去呢？如果你像我一樣，是個從小愛聽故事、愛讀童話、愛編故事、愛幻想、愛畫畫的人，那麼，做這一份工作可以是快樂得不得了的事，每天的日子就像下課時間不斷地延長，可以盡情遊玩。每天我的創作就是這樣，我坐在桌前，這個世界只剩我和工作，我畫下第一筆，然後就讓這一筆帶領，不知道它會帶領我向何處去經歷什麼樣的奇遇、什麼樣的冒險。但我總知道，會有高潮迭起，也會有困難重重，但這就是它的刺激好玩之處——你永遠不知道你踏出去的下一步會遇見什麼，要通向哪裡。但到最後，我總知道會安全地走到終點，這個旅程走完了，冒險也經歷了，我如期地交出一份工作。

「從此，他們快樂地生活在一起……」那麼多不同的故事，結局怎麼會相同？但在一波波高潮迭起，與善惡喜怒的情節轉折之後，一個好故事的結局總呈現出來完滿落幕的美感，那是一種正面、向陽的美感，一種無可懷疑的真理。這種美感與真理是童書的使命，它們能得到兒童的共鳴與認同，並陪伴他們成長，一路上不斷給予孩子們信心與希望，而這信心與希望，無疑是他們一生快樂的種子。

每天我的創作就是這樣，我坐在桌前，這個世界只剩我和工作，我畫下第一筆，然後就讓這一筆帶領，不知道它會帶領我向何處去經歷什麼樣的奇遇、什麼樣的冒險。

討論區 044

插畫散步：
從零開始的繪畫之路

作者｜黃本蕊
出版者｜大田出版有限公司
台北市一〇四四五中山北路二段二十六巷二號二樓
E-mail｜titan@morningstar.com.tw http：//www.titan3.com.tw
編輯部專線｜（02）2562-1383 傳真：（02）2581-8761
總編輯｜莊培園
副總編輯｜蔡鳳儀
行銷編輯｜陳映璇／黃凱玉
行政編輯｜林珈羽
校對｜黃素芬／黃薇霓
內頁美術｜張湘華
初刷｜二〇二一年六月十二日 定價：三八〇元
總經銷｜知己圖書股份有限公司
台北｜一〇六台北市大安區辛亥路一段三十號九樓
TEL：02-23672044／23672047 FAX：02-23635741
台中｜四〇七台中市西屯區工業三十路一號一樓
TEL：04-23595819 FAX：04-23595493
E-mail｜service@morningstar.com.tw
網路書店｜http://www.morningstar.com.tw
讀者專線｜04-23595819＃230
郵政劃撥｜15060393（知己圖書股份有限公司）
印刷｜上好印刷股份有限公司
國際書碼｜978-986-179-616-1 CIP：863.55/109018420

國家圖書館出版品預行編目資料

插畫散步：從零開始的繪畫之路／黃本蕊著．
——初版——臺北市：大田，2021.06
面；公分．——（討論區；044）

ISBN 978-986-179-616-1（平裝）

863.55　　109018420